Escrituras del otro cuerpo

Biblioteca de Literatura Dominicana

Soy el Leife, el Pájaro Malo
Nelson Ricart-Guerrero

Juguete de hielo
Pastor de Moya

De greñas y de amores
Nuna Marcano

Second Round
Homero Pumarol

Jarrón
Frank Báez

Arraiga
Argénida Romero

Los gestos inútiles
Rey Andújar

Cuentos y poemas (1998-2003)
Rita Indiana

Poeta en Animal Planet Revisited
Juan Dicent

Escrituras del otro cuerpo

Johan Mijaíl

CIELONARANJA

Santo Domingo
Visite nuestra página web:
http://www.cielonaranja.com

Para contactos con el autor:
pcaribeperformance@gmail.com

Portada a partir de una fotografía de Marcial Parraguez

ISBN: 978-9945-09-052-9

ÍNDICE

METAFICCIÓN

PORDIOSEROS DEL CARIBE

Anexo

METAFICCIONES
[2011]

La morena descrita en la noche

La morena andaba como montada en zancos
Unos aretes enormes y un pantalón blanco
La morena reía de su porvenir lejano
Se peinaba el pelo fumando tabaco

La morena respeta a los cueros blancos
La morena era esclava cuando el Triunvirato
La morena leía algo igual que Paco
Exponía todo incluyendo un canto
La futura estrella del alejado mago
La morena vive en la Zona andando
Y por la vida anda como ¿qué carajo?

La morena es cuero desde hace años
Se la busca como loca cerca de la Ovando
La morena gime como el cielo flaco
La morena como Pica Pollo y del más barato

Mantiene su cuerpo como poema casto
Y de su cintura ella está criando
A su familia entera que viene del campo
Su postura cuenta lo que ha faltado

En la Mercedes

Algo pasaba. Podía oler la muerte desde mi casa. La muchedumbre se amontonaba, querían ver. Yo salí y confirmé el suceso, lo que la noche anterior me había dicho la mancha que deja en las tazas de mami el café. Hay un niño que llora llenando sus juguetitos de baba, de saliva dos perros callejeros no dejan de ladrar. Era la muerte. Un señor había matado de dos plomazos a un limpia botas en la Mercedes, la ciudad se consumió en un cigarro y mi corazón se volvió un vaso de agua fría. Me moví como una sombra y caminé sin rumbo dos calles más abajo. Oía la gente narrar lo pasado. Mis pasos se amontonaban en mis brazos de acero, como un Mesías lejano, yo debí de estar ahí y salvarle la vida. Nadie nunca ha tenido el valor de decir que Santo Domingo es la ciudad del arrebatamiento, que ese hombre andará libre luego de que el bebé y los perros se calmen.

La loca de la casa

LAURA RIDING, en tu honor.

Ella está hoy más loca que nunca, no hay litio ni medicamento que temple su demencia. Grita fuerte, espanta los pajaritos que hasta su ventana se asoman. Dice que el mundo es una hormiga. Hace brujería para que su esposo vuelva. La casa huele a sombras nocturnas. Compara su cuerpo con el sonido del violín. Moja sus artefactos de cocina con agua de florida y lava su cuerpo con paños de colores. Espera el amanecer para ir al monte en busca de olivos. Pasan días y no come nada, busca la esbeltez que perdió en los Ochenta. Se para frente al espejo a leer poemas, declama de memoria fragmentos de obras del armario. Se maquilla y desmaquilla constantemente. Sale y entra del balcón, y como un acto de histeria, comienza a reír a carcajadas. No se rige por el calendario, aun usa un reloj del sol. Dice que su nombre será escrito en rocas de plata y que los perros de la calle ya conocían sobre su llegada a la tierra, que ella es sinónimo de triunfo, y que ella es la conclusión del todo, pero dice que no es nada.

Que solo sueña con respirar el viento mirando como el mar golpea.

En los ojos del mundo

Vislumbré dos luces en medio de la tarde, no recuerdo el nombre de la calle, pero recuerdo que leí en sus rostros dos historias parecidas, divas de la noche con luna, margaritas en busca del plomo y el humo de esta ciudad de telarañas, con el sol afuera, saludando la tarde y las olas que vienen con furia hasta el malecón. La plataforma de dos monumentos era un piso decadente que hablaba, decía y describía el panorama, le gritaba a los demás transeúntes "mi cuerpo tiene un precio, un valor estimado, un color y sabor a carne cruda y humana" y el sol se fue y la luna posaba en el cielo, y yo presencié todo, desde el ojo del mundo. Que somos.

Martes

Hoy es martes. Mañana será nuevamente martes. Llamé por teléfono a preguntar por los días de la semana y una voz que sonaba como un edificio colapsando en un sitio descampado, me dijo: "hoy es martes" y yo esperando como un dragón el fuego que siempre sueño los domingos, un dragón con un huevo amarillo en la boca, que se convierte en el héroe de Santo Domingo, salvado los días de la semana y que quiere que el diablo duerma en una nevera Nedoca.

No debí caer aquí

No debí caer aquí, en plena ciudad
respirando en mi adolorido corazón a
Santo Domingo en una azotea de tarde
muriendo cada día más,
sonrojado en mi cuerpo que es el cuerpo de la
gente que camina en las calles descalzos, de las transexuales
que en esta isla nunca han tenido una posibilidad
...mirando siempre hacia el mar Caribe,
que es una bola de trigo frío
humedisísimo, casi azul
como mis enormes patas de animal guerrero,
proveniente de un mundo ciberpunk,
con una hermosa chaqueta que clama el
ajusticiamiento de un vándalo histórico; del trujillato
con lentejuelas de todos los colores
muriendo cada día más
en la misma azotea.

En la 30 de Marzo

Yo no nunca había caminado tanto.
Cuando vine a darme cuenta, estaba parado en la 30 de Marzo,
esperando que pasaran por mi cabeza,
como mariposas de guerra,
los helicópteros de las fuerzas armadas
y que bajaran a matarnos a todos
a los que pululan la ciudad a largas horas
Como nómadas hijos de puta, comiendo gofio,
después de un frío frío
comprado en la esquina.

En la 30 de Marzo, como una sombra que sale corriendo,
estaba parado, pensando en dónde esconderme
con mis siete vidas ancestrales;
Juana, Marcos, Octavio, Lourdes, Pedro,
Ana y Simone de Beauvoir.
Sin vestido nuevo, sino con un camisón
que se parece al río Ozama,
parado como el obelisco, con hambre,
sin moverme, queriendo salir
volando como Super Man
Yo,
el que ve el divismo de Vikiana,
llenando el Palacio de los Deportes
en los noventas, el que se cree tan potente

como la audiencia de Isha en el Puente de la Diecisiete, el que había salido de su casa a las dos de la tarde, sin la bendición de su padre, yacía, como un pino verde, alto, con el cerebro lleno lo que tienen los cerebros en la 30 de Marzo. Por eso siempre trato de darle un abrazo a la ciudad y guardarla en mis bolsillos, como una leyenda que les contaré a otros,
como una pintura de Guillo Pérez
y los helicópteros se fueron.
Y no mataron a nadie, nos dejaron vivos.
Como paracaidistas
que esperaran
la muerte
en el suelo.

Los limones

El piso lleno de limones nuevos,
que abren la tierra con su aridez de memoria,
recitando poemas y cartas de amor
Puro,
limpio,
sano.
Lleno de corazones verdes y redondos
que roban lágrimas que llenan una taza,
como si fuera el agua bendita de una misa de domingo.
Bautizado miradas de tardes llenas de escarabajos
y mariposas que gritan: ¡aquí todo está bien!
Se burlan de nosotros, como marionetas sin cabeza
caminando la ciudad del plomo, la ciudad del inquisidor,
del torturador trujillista, que ahora es balaguerista
Amín Abel muerto, asesinado delante del pueblo.
La gente corriendo dentro de un campus que arde con fuego
sus rincones sucios de tiza.
La muralla de Radiotelevisión Dominicana,
transmitiendo a blanco y negro la toma de posesión del país
por el heredero
El dueño de millones de algas
que tenían siglos escondidas debajo
del mar Caribe
Esperando el día necesario, para salir a pintar
las nubes y el cielo.

Mi Disney World

En mi casa tengo una bata y cuatro paredes que se han convertido en mi Disney World, dos estantes llenos de zapatos y un montón de ropa, que no uso. En mi casa tengo mis sueños, un desodorante de bolas, una computadora, una mesa color lagarto. Tengo esponjas, una billetera sin billetes, un vaso, una estufa, dos o tres retazos de tela y una madre que sale y entra por la puerta y me pregunta una y otra vez lo mismo. En mi casa hay un baúl pequeño, donde asumo dentro de mi demencia que está el mar Caribe; guardado, húmedo, sin color y gastado, como un par de zapatos que adoro, que adoro como un CD de Kinito Méndez que me regaló mi papá. Y entonces me paso ahora todo el día en mi Disney World, porque esto ya no es una isla, ni un pueblo, sino una cueva oscura repleta de ratas.

Caribbean women's super

Vendrá a salvarnos a todos, en esta ciudad denominada por mí como un arrebato, a las dos de la mañana, cuando casi todos duermen con los ojos abiertos y miles de perros enfermos, ladrando. Vendrá a salvar el Caribe de su eminente desplome en el mar. Vendrá a comerse con sus ojos enormes, la carcoma que ahora mismo adorna la ciudad.

Somos de plástico

Nos estamos volviendo de plástico.
Yo, por ejemplo,
tengo que sonreír diez mil veces sin quererlo,
dibujando una sonrisa enorme, que diga:
"soy feliz",
sin estarlo.
Largas e interminables horas de cortesía de metal hipócrita
y fingida.
Caminamos en medio del imperio del plástico.
Señoras con rolos en la cabeza,
vasos de refresco, árboles de navidad prematura y zapatos.

Yo he visto mesas que no son de fibra de vidrio,
ni de madera, ni de ningún otro material que no sea de plástico.
¿Es un indicio esto?
En ocasiones siento que no tengo calcio en mis huesos
sino una catacumbezca cadena de lámparas del material
que aquí se nombra
fácilmente movible, como el beso que una y otra vez
me han negado.

Juan el Bambino

No veía los murciélagos que por las noches cubren el cielo de Gazcue. Internet y mucho weed, hasta que se dio cuenta que la vida estaba afuera, en los motoconchos que hacen mucho ruido, dejando sus viseras en la calle. Buscando la muerte como una mariposa sin alas, como los momentos que llegan a nuestras cabezas con tanta fuerza que sacan lágrimas de oro que secan la tierra y las paredes de las casas coloniales, que están únicamente por la casa de Juan, del mencionado Juan el Bambino, el de los ojos apuñaladores, Juan el de Gazcue, donde los árboles tapan con sus hojas las aproximaciones de lo que vendría junto con el aire.

No se ha perdido todo

No se ha perdido todo,
Debido a que el todo no es más nada que la nada
Y la nada se transforma en el todo.
No se han perdido las muchachas de iglesia,
Ni el recuerdo de las tres mariposas de Salcedo...
No hay nada que buscar en el todo,
Porque la gente se consume en la nada,
Pero no es tarde, aunque llegue la mañana...
No se ha perdido del todo el amado que visita a su amada
O el amado que visita a su amando
O la amada que visita a su amada,
No se han perdido en el bolsillo del corrupto los cien pesos
que tengo en mis bolsillos...
¡Hay que seguir no se ha perdido todo..!

Sueño

A veces sueño que la torre del Malecón Center toma vida, y se transforma en un animal enorme que come cabezas frente al mar. Siento miedo. Y que el mar no es de agua salada, sino de fuego.

Y todo vuelve a la normalidad cuando llega a Gazcue, Iniciando todo nuevamente en la Ovando con Gómez, entre chóferes borrachos, travestís y tecatos, compartiendo la luz de la luna.

A veces sueño que sueño y luego despierto, Y lloro. ¿Por qué? ¿Para qué? Lloro palabras y lágrimas de letras. Mi pañuelo son notas errantes por mi casa, Trato de abrasar la vida. Y le escribo a una isla que nunca me ha escrito a mí. Pero no espero que se motiven a escribirme los jevitos que van a Acrópolis Center, Ahí no hay nada de verdad. Todo es mentira tras mentira. Al menos que quiera pertenecer al circo. Ellos escriben. Mi buzón está lleno de esa basura. Palabras sin sentidos ni sentimientos. No tienen causa.

REVOLUCIONARIOS DE ARMARIO

Moda no amor a la verdad. Esa basura sobra. Y la maldita vaina es que esa basura se requiere para el equilibrio. Porque no todo tiene que ser verdad, fastidio.

Corrí en la casa

Esos gritos eran trashumantes, se oía por toda la casa una carcajada macabra, que me asustaba, me seguía hasta las escaleras que dan paso a la sala, rozando la puerta donde está mi habitación. El teléfono no paraba de sonar, y la televisión me sacaba la lengua con sus colores de lana. Los gritos no cesaban, me iban desbaratando como un rompecabezas. Llegaban momentos donde la respiración me faltaba y la torre de almohadas que había armado, cubría mi piel de aquel sonido Infernal, que salía de la radio dos minutos después de bailar un merengue de Los Hermanos Rosario.

Un balón es el mundo

Diez veces el mismo balón en mis manos faraónicas dibujando el panorama perfecto en el cielo, que es una mesa donde uno va a comer estrellas y nubes.

YO

Soy la culebra que sale de las alcantarillas
La siniestra mancha libre de complejos
El dominicano cualquiera
El pana que estando en coro, dice que no
La sombra del árbol en un parque enorme
Soy Santo Domingo, la ciudad de los elevados,
de los maricones en la Ortega y Gasset
El hijo rebelde
El que roba miradas en el metro.

Muriendo

Debajo de la mesa hay una pequeña mancha de sangre y a unos centímetros un puñal de fibra de vidrio, con el sello de "Made in China". Mi cuerpo repleto de ampollas que parecen el lomo de un camello con el color de mis dedos y sobre la mesa una jaula de lodo que es Santo Domingo, dividiendo mis nalgas moradas. Pasaban por el edificio de enfrente una señora como de ochenta y cuatro años, con un vestido color blanco y bordes rosados y entre sus senos enormes un Cristo con los brazos abiertos que parecía asfixiarse y un muchacho vendiendo helados. Ya no lloraba. Gemía del dolor tan grande que sentía en mis rodillas y columna, me sentía parte de aquel piso frío, porque habían pasado semanas cuando alguien tocó la puerta y se dio cuenta que yo estaba ahí. Muriendo.

El moreno

Me estoy descomponiendo. Estoy pensando en llamar al colmado, para que venga el delivery setiao' a traerme pastillas, para luego vomitarlas una a una. El otro día no tenía sueño y el mismo delivery me salió con los ojos borrosos, veía cómo ese hombre de casi dos metros escupía serpientes rosadas y lagartos marrones. Sabiendo que estaba vuelto cinco pesos de azúcar corrí para no presenciar cómo ese moreno era el diablo con lentes, el villano de lentejuelas ceñidas a un vestido de tela de poliéster. Seguía corriendo y llegaba al colmado donde trabaja el mismo hombre que me perseguía, cuando miré pa' dentro, yo vuelto un mar de orina, noté que la gente estaba vestida de blanco, pero un blanco muy blanco, como que no existía y me recibieron como que todo esto era un sueño. Lo mismo le había pasado a mis padres, pero no con un hombre, sino con una araña, por eso quiero que quede claro, que no soy ninguna cenicienta en un bosque con sol y petunias, de ser parte de un cuento sería el lobo que dejó sin cena a la abuela o el que vuelto una abeja con ombligo, anda la ciudad de Santo Domingo cagando miel en los edificios y todo desde que Nietzsche no habla.

Aquí, primer tiempo

Aquí se duerme en las noches y hay un metro que es como un hombre de ficción que habla, de cuatro colores, que besa mis bembes. A las 8 de la noche la luna retoma las calles, dándole sombra al Alcázar de Colón y a Segafredo y a los turistas pelirrojos que sonríen ignorando todo lo de verdad; la tierra sangra des-urbanidad de las paredes y el verdor de la lama que cubre el río Ozama, que es ahora, recuerdo son las 8, un archipiélago de papel periódico, informando que los barcos llegan cargados de negociaciones entre países y polizones que no aguantaron el ruido del coquí en Puerto Rico y el ingrato mar que come cabezas en el canal de la mona.

Autoironía

Ahora soy un pulpo de ocho manos, necesito mudarme a un océano, el mar Caribe ya no es mi cama, no resiste tanto, ahora no puedo con tanta fama, me pasará lo de Lennon.

Algo me pasa

Tengo varios días soñando con tortugas y un brillo de labios encima de una mesa con un mantel dorado, que mis pantalones se vuelven dos murallas de cemento y corren detrás de mi hasta que logran entrarme a una jaula, donde un elefante de barro mueve con su trompa cadáveres de personas repletas de oro. Mami me dice que es porque tengo mucho tiempo que no veo a papi, pero cuando despierto siento que no tengo mis brazos y mi boca parece un grafiti, de esos que describen la urbanidad en mi Santo Domingo querido. Además, yo siempre he creído que los ojos de las tortugas son los ojos del mundo, debido a que son dos espejos donde uno puede ir a verse, contemplarse debajo de los ojos de Dios, en esta Isla que vive en medio de un hermoso mar Caribe. Mi abuela ya no limpia la casa, pero juega con mis sueños la quiniela palé.

Las tres Marías

Son las 7 de la mañana, el pueblo completo todavía duerme entre sus paredes coloniales, Trujillo está vivo, puedo darme cuenta porque en la pantalla de Radiotelevisión Dominicana, de Telemicro, Digital Quince, Teleantillas y todo el centro Corripio dicen su nombre antes de que suene el himno nacional. A mí no me vengan con cuento dicen Leonel para no decir Trujillo, dicen Hipólito para no decir Trujillo. Yo tengo un montón de días dándome cuenta que el universo comienza su destrucción en mi propia decadencia, que es la ciudad donde vivo, ósea, mi ciudad es mi propia decadencia y en mi frente tres de mis primas listas para salir a formar parte del día. Cada una peculiarmente importante para mí y mi vida, que ahora solo se aturde en un mismo nombre: María.

Anaísa

Estaba dormido, esperando el ruido del vehículo
que trasladaba a otro humano. Despertó.
Caminó hacia la esquina fumando un cigarro
y animado por el sorbo
de una porción de entusiasmo etílico.
Desplazó su cabeza hacia la izquierda con un ritmo afeminado.
Cerró los ojos, Los abrió. Los cerró. Los abrió y otro cigarro.
Permanecía en la esquina donde lo conoció.
Además,
se hacía acompañar de La Loba, de Vickiana, las primeras
travestis que conocí en Villa Juana. Caminó. Se detuvo.
Se palpó con dulzura su silueta masculina y sacó otro
cigarro, ya van tres.
Limpió sus zapatos que habían pisado una imprudencia
canina y ennegrecía su disfraz de burgués parisino.
Pasan otros vehículos que reflejan una sombra, por su luz,
que parece celestial. Continúa la marcha, sin destino.
Otra esquina.
La mirada de un grupo de muchachas que son muchachos,
es el fin.

¿Qué nos pasa?

Los semáforos no cambian de luz
Los vehículos corren con patas en vía contraria
Sangran mis ojos de vista profunda sobre esta ciudad
Dentro de calderos que vuelan por los cielos, describiendo
el
panorama
Hasta que el atardecer vuelve a comerse el sol para dar pasó
a la
luna, que lamerá las esquinas de mi casa amarilla
Con patio olor a cerezas y árboles llenos de carcoma
Donde ensayan millones de doñas rezadoras con sus cruci-
fijos
lumínicos, pidiéndomele a mí misericordia
A mí, el mariconcito sin estrellas
Tripulante cabeza de esta ciudad atrincherada en el ruido y
la historia
Kilométrica, legendaria, sobreviviente colonial
Y cuasi-cuadrada, de amorfa cintura
Es que aquí soy el rey
El dueño de mi imperio de mármol, levantado
por hormigas inquietas
Buscando las repuestas que ya no se leen en las tazas
Y como acto de ofrenda: gente que lanza fuego de su boca
Aquí soy la clorofila patriarca que da el verdor a las plantas
Camionetas llenas de carga
Debajo de un techo de zinc, que es de cucarachas
¿Qué pasa?
¿Qué pasa ahora?

Nada.
La gente no se da cuenta de nada
Atentos al culo de la televisión dominicana
Y mi querido Santo Domingo, sigue siendo lo mismo
esta mañana
La pulga en el lomo de un perro con sarna, con huesos de oro y dientes atontadores, que sacan mil lágrimas a quienes tienen su vida, la cara tapada. ¿Qué pasa?
¿Que nos pasa?

Volví al simulacro

Había vuelto. El malecón me recibía con los brazos abiertos. Yo tenía aproximadamente mil años luz que no despertaba entre las hormigas de mi imperio de mármol y el mar. La ciudad seguía amurallada, vuelta un montón de gente cuadriculada y llena de odio hacía quien decía llamarse en esta tarde de re-encuentro extranjero. No había consuelo. El ayer, era el ahora y el ahora eran las palomas que funden de mierda la calle El Conde y la ropa de escarcha lumínica y los zapatos altísimos aplataformados de ruido, carcomiendo el suelo de ladrillos coloniales, pero yo ignoraba todo, porque la felicidad la encontraba en que estaba de nuevo en la vida, para luego de un tiempo morir de nuevo, al lado de una computadora.

Ahora ámame

Ámame ahora,
que la casa ha sido tomada por los colmillos del hombre perro,
Santo Domingo de Guzmán
y las paredes son la luna
y las estrellas vacías.

Me quiero ir

¿Hay gente que no se da cuenta que el obelisco hembra habla, que grita el futuro de este pedazo de archipiélago que sangra? O acaso, ¿soy el único que habla con las paredes del alcázar de Colón?, que dice a cada paso de la calentura del sol en su techo, que esta isla se va a hundir, que salgamos corriendo lejos de estas palmeras. Que hemos vivido engañados entre indios que realmente son tainos y un changó de siete colores. Me quiero ir.

Es lo mejor

Afuera no veo un arco-iris
y mariposas de colores
veo vehículos que compiten para no se tragados por el polvo
una niña hablando incoherencias
siento el dolor volver.
Una montaña que respira la ciudad
mi cuerpo transpirando los árboles del Jardín Botánico
y un mambo violento.
Gente que nació y se crio, oyendo merengue y bachata.
El número de teléfono de mi casa,
sonando hasta que me desesperan,
llamando a mami
mujeres solteras por el patriarcado
me vuelvo un poeta en semanas rotadas
y dibujo en el aire flores artificiales, flores con olor a moho
como los anuncios del telecable
me vuelvo color naranja como un refresco Mirinda
y oyendo a
Las Chicas del Can,
me voy a dormir.
No consigo el sueño
mis ancestros muertos, me salen en las noches
como una carcajada sonoramente enorme,
de las que salían en la Cinemateca
la Plaza de la Cultura se vuelve un desierto
donde me pierdo y me encuentro en la grama
donde se traza el camino hasta Cinema Café
niños que tienen dos cabezas de tanto beber Coca Cola.

Declaración de mi imperio

Hijo del sol.
Capitán cabeza de esta ciudad atrincherada en el ruido
Dueño de un imperio de mármol,
levantado por hormigas inquietas.
Una santa que es la dominadora
Trujillo vivo en el Palacio en pleno siglo XXI
Robaron mi isla hasta sumirla en la mediocridad
Secretamente misteriosa, mística.
Esperanzado yo, en las siete potencias africanas
De siete colores diferente
Con olor a tabaco y mentol
Esto soy yo
Orgulloso de un sabor ancestral
Donde lo que se enseña es a hablar con muertos de tres
cabezas, sin dedos en los pies.
Bonyé, resucitado y limpiando mi habitación
a las dos de la mañana, con un vestido hecho de vuelos
lumínicos o sino dorados como el sol del caribe
Y es que ahora
La gente no camina, vuela
Salta paredes de AIRE
Ahora no vuelan
La gente camina las calles de la Zona Colonial a plena tarde
Con globos en las manos
Máscaras de dibujos animados, que lloran la muerte de
María. Callan
Vuelan de nuevo

Se nubla el cielo, como señal de hacer notar su presencia
Ya no están en la Zona, sino en Los Mina
En casuchas de cartón marrón, besando el río
La gente no duerme, esperando el otro día
Un enorme cementerio es una sala
de espera
Grande. Grandísima.

Yo,
¿poeta?

Algunos han osado en llamarme poeta,
¿es qué nadie respeta nada?
¿Nadie entiende la connotación que eso lleva?
que hay que mermar el cielo con sus ojos,
ver el apocalipsis y desviar las olas que vuelven con fuerza
a darle un abrazo a esta isla,
niños que corren en busca del fin
Mareando tarde y noche
Con pies que parecen dinamita
¿Nadie entiende eso? ¿Nadie se da cuenta de nada?
¿Es que no ven que muero en esta ciudad amurallada?
¿Que la torre del Malecón Center parece un murciélago en esta cueva llamada, isla
Que el pum, pum, pum de mi corazón casi merma, en el suelo
Que los pantalones me abren su boca para tragarme las piernas, como abanicos que giran en sentido contrario, por América
Latina Cabezas llenas de atraso
de murmullos mediocres
Y pum, pum, pum de nuevo
Corriendo por el patio desnudo,
tratando de que no se quemen mis vértebras,
que son la vida de esta ciudad meteórica,
apostólica, católica y romana
Donde los espíritus me dan besitos en la boca,
no tocan mi lengua

Debido a que mi lengua es la Av. Máximo Gómez
El Hotel Lina
Manresa
El mundo del juguete
María, la madre de Jesús
El gobierno de un peluche de hule que da alergias
Que pide que hagan silencio
¿No se dan cuenta?
Que el Telecable es el verdadero sello de la bestia
Vientos huracanados que se comen la gente,
como un pentágono
Hormigas que tejen una casa de muñecas
Ahora si Digo, ahora no
No, No
Diez mil veces, no
Digo, que sí
O no
Mi cabeza no recuerda nada
Así que hagamos un trueque
Donde tú me das la ciudad y yo el morboso verso de un poeta.

PORDIOSEROS DEL CARIBE
[2014]

El agua de este archipiélago de papel pesa y a veces muchísimo

Me declaro ser isla

Ya está claro: morir en una yola no es la solución. El allá, el aquí, el mundo, la maleta de sueños con perico ripiao' incluido, los boletos para subirse en un tren imaginario y mirar-morir por la ventana. La isla se sigue hundiendo en medio de las olas que vienen por todos lados; —usted se salva si trae oro escondido en la cartera, usted se salva solo si habla inglés y paga con dólares en este Nueva York chiquito, usted se salva si tiene las rodillas blanquitas, usted se salva si quiere salvarse y por eso lee la biblia, usted se salva, usted está salvo en este espejo de país de la mierda, en este Caribe que se ahoga en las palmeras y los motoconchos, ¿Y qué? — en el Norte: corren; en el Sur: la tierra arde; en el Este: los hoyos de las calles son cráteres y; en el Oeste: no se escuchan voces. Seguimos siendo isla, isla donde ser artista es ser el diablo, un dato geográfico en algún lugar, demografía atestada de palmeras y de costas. Una llama de tres colores con un escudo católico en el centro. Horas santas, comida, todo lo que se pueda esconder en el bote que estamos armando para irnos. Ganamos un torneo donde el premio era una pelota de medias y un diccionario con tres palabras que no estaban incluidas en el diccionario anterior.

Antenas y todo lo que te puedas imaginar en un techo, todo eso haciendo juego con un sol que parece volverse otra cosa. Flores que salen de la tierra y se pierden en los brazos de los espantapájaros formando un universo personal donde la música de fondo es un gagá, donde los morenos que han quedado vivos van bailando al ritmo de un-do-tré con sus brazos hinchados de tanto darle al son del pico a la calle y el sudor en la frente. Bajando, subiendo, dividiendo el pedazo de tierra en dos. ¿No caben dos? Sí. Da pa' lo do', para tres, para todo el que quiera morirse (pero no ahora), porque al final de la historia saldremos volando en un cometa y justamente en este tiempo es donde vemos ángeles y señoras rezando y señores que se van despertando los domingos. Arroz con pollo, arroz con habichuelas, arroz con huevo, todo en una misma habitación, al ritmo de un-do-tré mariposita linda e'. Yo particularmente, que he visto aviones aterrizando y edificios muy largos puedo dar fe que el Estadio Quisqueya un día cogerá candela por aquello de Duarte, Sánchez y Mella. Mamá Tingó dejó su corazón en la tierra y su sangre dio fruto a esta generación con el Caribe entre ceja y ceja. A esta generación que se ha puesto la isla de sombrero y de escudo ante la guerra. A esta generación que inició al mismo tiempo que el cosmos nombraba a todos bajo el signo de Aries, sin importar que era diciembre u otro mes fuera del círculo y, no importa, porque lo que estamos haciendo es gritándole a todos estos hijos de la gran puta que nos escupen hacia un mundo de otredades, que el Caribe lo estamos reflexionando, limpiando, coordinando, transformando, viviendo, sintiendo, gozando, pensando, bailando, sufriendo, llorando, bañando el amor por esta media isla perdida. Esta media isla con una energía que nos harta al grado de querer salir de ella, pero cuando estamos allá ese mismo son nos hala como si fuera el imán de una metrópolis salida de la selva con un martillo en la mano y con un cuchillo en la boca se transforma todo en nada, en olor, en sabor, en cadencia, en humo y comenzamos a flotar, porque ya no hay fuerza para caminar, incluso algunos han perdido las piernas y otros han ganado más piernas: tienen de dos y de tres organizadas como filas. Dime, ¿cómo hemos podido sobrevivir aquí? Si no es declarándonos ser la isla y haciendo trucos de magia con el agua de coco, para mover montañas y guardar toda la caña en una caja o en un tubo donde ya nadie la vea, donde ya nadie nos haga esclavos, donde ya nadie nos venga a cambiar-comprar por oro.

Pordioseros del Caribe

Lo que pasó fue que ya había una isla. Yo construí una isla. Todo el que se fue también construyó la suya y ahí se armó el lío de islas. Todo el que tenía deseos de recordar o inventar lo que era, no midió el problema que estaba armando. Ahora andamos por el mundo con tantas islas que no caemos en la de origen y se va a hundir. La mía estaba escondida en un montón de luces, después estaba sola y se fue en su nube. Entonces, comenzó la tarea: ser la insularidad. Perderse en el tercer mundo entre un mar y un océano, que no es tarea fácil, perderse entre ser un espejo o ser una avenida más, un transeúnte más, un ciudadano más, un enfermo más. Ser todo al mismo tiempo, que tampoco es tarea fácil. A veces es bueno estar solo y reflexionar sobre el subdesarrollo que se esconde entre todos estos elevados y apartamentos de lujo, entre avenidas con nombres de héroes en inglés, minimizando, minimizando todo, como si fuésemos todavía los seres sub-humanos ante la nobleza. Si ves una sonrisa, no te la creas, porque es una farsa. La alegría no es lo mismo que la felicidad. ¿Qué estás haciendo ahora? ¿A qué le temes? Deberíamos de estar pensando en otra cosa que no sean ofertas de resorts todo incluido o ventas de pasillo donde lo que domina es el dos por uno: compras algo y te llevas otro algo por el módico precio de nada. La insularidad es una condición geográfica; el insularismo es una ideología y una yola, es un medio de transporte donde terminamos, casi siempre, muriendo.

Poesía para la posmodernidad

Ahora hasta los imanes están buscando beneficios, ser metales, vidrio. Todo ahora es llamar por telepatía a los otros y las otras no contestan, porque esta forma de comunicación no es fácil. Nadie se toma cinco minutos antes de tomar el café, la escritura ahora es automática, lo que salga, lo que coja mi bon, mi papel carbón, mi jeepeta 4 por 4, mi mamá. Lo que si es fácil es decir que el dolor de los otros también sea suyo cuando se vive en un país desde los periódicos y las notas de prensa, mientras los de arriba miran cuando los de abajo se mueren, se desproporcionan, se vuelven trigo. Tratar de salvarse es una utopía, un sueño que no deja de ser un sueño. Te levantas, porque debes correr, limpiar los cuadros, hacerte una foto 2 por 2 y ponerla en un C.V. que diga tu nombre y eso mismo te sella de tal forma que deberás ir al tribunal de justicia para cambiarlo o decirle cuando tienes cinco años a tus compañeros de escuela que te pongan un apodo y pases de ser Juan a Julián, Ju-tufú, Ju-chicomplote, Ju-ju, pero nunca Juan de nuevo. Entender será una pérdida de tiempo, porque los relojes ya no tienen pilas. Se necesita otra cosa, algo que cambie todo lo que puede verse desde una ventana, que el malecón de Santo Domingo deje de ser el malecón y se vuelva otra cosa que pese menos (no hay otra cosa que pese más que el agua), otra cosa que ya no permita que vengan a colonizarnos y escondernos por tanto tiempo en un pote de compota, en un pedazo de caña con un maldito vaho a grajo: grajo por el sudor, grajo por el calor, grajo por vivir en El Caribe, grajo por no bañarse, grajo por no tener un bigote larguísimo, grajo porque se vuelve de noche un pedazo de cartón. Entonces, nos quedamos solos por asunto de destino y brujería y licor y sábanas blancas y tazas con bebidas mágicas. Movimiento-catarsis-locura es lo que nos domina cuando caminamos. ¿Te besarías con un hombre sapo simplemente para que te compre un apartamento en Naco? Haré lo posible por no caerme cuando me toque ir por un traductor, para que no se me pelen las rodillas. I don't like abuse y esto es una máquina del tiempo de colores y limones también de colores por todos lados y nadie quiere apearse por lo cómodo que vamos viendo aves, cometas, lápices, lámparas, cajas, cartones, estrellas, animales que se arrastran, espermatozoides buscando un óvulo para volverse un hombre o una mujer con valores socio-morales dispuesto a respetar la iglesia y las normas divinas. Llegamos. Comenzamos a socializar con lo que vemos (hay ciegos que no ven, obvio), comenzamos a bailar mambo, reguettón, merengue, mangulina, pri-pri, de todo, hasta que nos cansamos y vienen hombres pequeños con sillas de aluminio y aposentamos nuestras hermosas nalgas en los respectivos tronos. Baila, baila, baila y no se para de bailar, porque en la nave hacía lo que nadie hacía: dormir. Entonces tiene tanta energía que no le llegan los deseos que todos tenemos de sentarnos. El sol ya pesa. Hay mucho silencio y una ventana construida con una madera comprada en las Caobas o en las Palmas de Herrera.

Este texto es de aquí. Señala alguien hacia un pequeño zafacón que está sobre un charquito de agua y nos paramos uno por uno frente a frente al zafacón y escondemos ahí la basura. Sencillitos, tranquilitos, normalitos, despacito. Ahora hay una nueva forma de arte, yo la he inventado, se llama POESÍA.

Poesía por potes

Poesía en los colmadones
Poesía en el Mamaya
Poesía en la Duarte con París
Metapoesía que se vuelve un acto: performance
Poesía donde puedes ir a comprar con ella al colmado
Poesía robada del apocalipsis
Poesía recitada por los huele cemento
y los muchachos que suben la Av. Winston Churchill
a montar esqueibor
Poesía
Poesía
Poesía por un tubo, rolos, preservativos y siete llaves que tratan de responder la pregunta de la posmodernidad: ¿Qué haces con tu poesía? ¿La performeas? ¿Te la comes? ¿La guardas en una cartera? ¿Es tan buena que no la compartes? Y la posmodernidad responde desde la estatua de Montecinos y suben todos los hombres que se bañaban en Güibia por Av. Máximo Gómez, con deseo de quemar la estación del metro doña Casandra Damirón. Me quedo muy cerca del Hotel Lina y no me muevo de ahí.

Atención por veinte pesos

In case of emergency and with the train stopped usted puede mirar por la ventana a los hombres que por castigo divino viven encerrados en el cuerpo de una niña de ocho años, que por obra y gracia del tren, vuelan mallas ciclónicas antes de morir como la pupu de uno que deja de estar vivo. Warning, por favor, atención o el improper use will be penalised y será castigado como los hombres-niñas que desde abajo miran esas luces que llegan hasta el cielo en esta área controlada por los ademanes que invento justo cuando usted acciona la palanca: saltan, corren como si dentro del medio de transporte todas las mujeres dieran a luz a hormigas y elefantes. Use por favor solo en caso de emergencia, please, solo en caso de emergencia y con el tren parado. Trate de abrir manualmente la puerta. Usted se salva solo si es de signo virgo. Usted se salva si trae oro escondido en la cartera. Usted se salva solo si habla inglés y paga con dólares en este Nueva York chiquito. Usted se salva si tiene las rodillas blanquitas. Usted se salva si quiere salvarse y por eso lee la biblia. Usted se salva. Usted está salvo en este espejo de país de la mierda, en este Caribe que se ahoga en las palmeras y los motoconchos. ¿Y qué? En este tren que sobrevuela sin alas por la Av. Máximo Gómez. Se me va la señal del celular.

Lleva a tantos a su casa. ¿Usted compró su boleto? Porque según escuché una vez alguien intentó pasar sin comprarlo y hoy el andén está sucio con sangre y hay partes de su cuerpo. “Utilizar en caso de emergencia para solicitar la parada del tren” y en un caso de no-emergencia nadie toca la palanca, porque el uso indebido será sancionado por las leyes de este Nueva York chiquito, nadie está nunca por encima de las leyes divinas, porque Dios fue quien puso ahí la palanca y la estación. In case of emergency, use in case of emergency. En caso de emergencia, use en caso de emergencia o el uso indebido será sancionado. ¿No estás viendo mucha televisión? Este es el nuevo sello de la bestia. Mientras van pasando estaciones como palomas con hambre. Volando hacia algún sitio o a ninguna parte. Me tatuaré el nombre de Juan Bosch por todo lo que hizo por esta isla. Me moveré a pintar la palanca de amarillo. Me iré más temprano recordando que debo open the door manually, teniendo lo que sea entre los dedos. Desde arriba se ve como mueren los de abajo.

Aleluya al rey

Arpas, arcas, velas, Jericó,
Arpas, arcas, velas, Jericó,
Arpas, arcas, velas, Jericó,
Arpas, arcas, velas, Jericó.

Así cantará mi ejército cuando camine
hacia la construcción de mi imperio de mármol.
Cuando caminen hacia la victoria.
Y nosotras, las niñas de oro, seamos veneradas
con los aleluyas más altos.
Se reunirán detrás de los basureros,
detrás de cualquier otra cosa para prestar ayuda
en el levantamiento de lo que yo había profetizado.

Arpas, arcas, velas, Jericó,
Arpas, arcas, velas, Jericó,
Arpas, arcas, velas, Jericó,
Arpas, arcas, velas, Jericó.

Al unísono.
Todo el mundo a una misma voz,
caminando hacia la victoria,
hacia la savia, a la eterna juventud.

Al unísono.
Todo el mundo bajo mi poder,
caminando hacia al sol,
hacia El Caribe, a la eterna juventud.

Arpas, arcas, velas, Jericó,
Felices,
Arpas, arcas, velas, Jericó,
Cómodos,
Arpas, arcas, velas, Jericó,
A gusto,
Arpas, arcas, velas, Jericó,
Contentos.

Me paro frente a ellos: Me ven. Se mueren. Saltan.
Corren. Helicópteros. Arpas.
Levanto una mano: Saludo. Sonríen. Lloran. Vuelan.
Alucinan. Me ven. Arcas.
Aleluya. Gloria. Velas. Jericó.

Lo que yo había profetizado:
el gobierno de los singafiao,
el imperio de las ratas
y las cucarachas,
el gobierno de los monos,
la dictadura del mojo.

Y cada uno en una isla muy bonita.

Oración. Varias oraciones

Un mar rojo para todos estos peces, culebras, alambres, titanes. Mujeres creadoras de sectas maravillosas donde Dios es una uva o un hombre o una lámpara de I-K-E-A o una manzana o una de esas mesas que no cogen el color rojo cuando la pintura es Tropical, o una hormiga, el destino. Algo. Una sábana, la casa del perro. Hipólito Mejía que ahora es papá, ¿Mi papá? Mi abuela. Toda mi familia. Incluyendo a la otra familia que mi progenitor hizo en Invivienda con apartamento amueblado y todo. Una luna. Un ojo. Una caja de dientes de esas que se pegan con una asquerosa goma rosada y el rosado es el Dios que había dicho antes, el que digo ahora y el que diré, el que manda como ha mandado mi papá: blanco, medio gordo, abogado, con el primer T-O-Y-O-T-A del barrio, y por eso somos muy famosos y muy amados y muy bonitos, sobre todo los domingos cuando bajamos al malecón y ahí vemos el mar, que no es rojo, ni azul, ni verde. De ningún color, porque ese mar es incoloro, incómodo, rebelde, incluso hiede a peo y nos elevamos y volamos y todos quieren que volvamos, y no vamos a volver, no vamos a darnos por vencidos, es que no, ¿Qué lo qué?

Conozca su papel

No es una bacteria es una necesidad. Todo el mundo tiene sueños. El mundo de los sueños es una opción. Buscar un camino, buscar una casa, buscar algo. Todos vamos a terminar en hospitales psiquiátricos. Somos muy creativos. La creatividad es locura:
Se cura la tuberculosis
Se buscan muchachas de buena presencia. Buen sueldo
No pase
Mudanza y acarreo Busco el modo
No importa que afuera llueva. **Es difícil estar aquí.**
¿Temes ser aplastado por una palmera? Muévete de donde estás que no es tan peligroso. Metales muy grandes que sirven como armadura. Estamos en una constante guerra con nosotros mismos y tiene la culpa esta enorme casa. Hay que referir aquí también a los otros, los invisibles:
Se pasan trabajos a computadora.
Sala de tareas.
Se venden helados de batata.
Y hay quienes tienen sed existiendo tantas playas.
Y hay quienes entienden el peso.
Y hay quienes quieren volver.
Y hay quienes están a salvo del problema.
Y hay quienes creen,
que somos más que un sueño turístico,
Y hay quienes huyen para luego querer estar aquí. Nos persigue un enorme lobo hambriento.
Miento: es una ilusión óptica.
Estoy jugando ahora.

La hermana

¿Dime lo que andas buscando? ¿Dime lo que estás haciendo sobre el árbol? Sé que eres una sombra, un conjunto de sombras en una cubeta llena de tó, de ná: calles, historias, laberintos sin salida. Lo que queda, lo que se esfuma. Eres euforia multiplicada por dos. Ahí sí me gustó. Hay algo que quiero decirte, dime tú, ¿Cuándo? Dime más de esto. Dime si quepo en tu casa. Dime si sabes que te veo. Dime más. No tengo dinero para comprarte un carro y un apartamento en Ensanche La Fe. Me asusta, me gusta: eres un tripeo, ay sí.

¡Culpable!

Y al otro día mi nombre salía de portada en todos los diarios. Me convertí en un periódico y entré sin que nadie me viera a la casa de cada uno de ustedes. Luego fui una carta, el acta judicial que me levantaron cuando me llevó la policía, acusándome de crear una región nueva y una isla nueva y una sociedad nueva y prohibir que entraran sin su cédula. Me estaban juzgando por dejar entrar a mi casa-universo gente muda, por conspirar contra la ley de la inercia y la gravedad, por tener visiones donde anotaba en una servilletica el número de la visión y jugaba una tripleta para sacarme la lotería y compartir mi dinero con los necesitados y algunos haitianos que habían contribuido en la construcción de mi casa, los mismos que habían llenado de gallinas prietas el solar. Los mismos. Conmigo. Juntitos. Con tó eso cuarto'.

Al otro día lo que hice, como a eso de las dos fue mandar a construir un muñeco de plástico igualito a mí. Idéntico. Un hermano gemelo. Tecnológicamente yo. Que simulara un desmayo en pleno juicio, que supiera performear un ataque de alguna epidemia todavía no descubierta.

Que firmara por mí. Que supiera decir que nunca es tarde: hambre que espera jartura no es hambre y bajaba, no uno ni dos, eran tres platos de arroz para todo el que estaba ahí junto conmigo y mis sobrinos que se habían convertido en un problema. Son tantos sobrinos que no caben y tengo que gastar tó mi cuarto' construyéndoles casas y rogarles a mis hermanos que se hagan sus padres y ellos me hacen caso y mis sobrinos ya tienen sus casas y sus respectivos padres con acta de nacimiento y todo. Entonces, los encuentras por ahí con lentes de pasta como los que yo uso. Como una gran familia. Ya somos tantos que no cabemos y con mi cuarto' tengo que comprar la Isla Saona y luego el continente y luego el mundo y luego el universo. Algunos se han atrevido a vivir en un agujero negro.

Y todos los días imagino que estoy siendo empujado en una OMSA y que las dos caricaturas que han hecho de mí, tendrán en algún momento vida para salir a trabajar por mí. Pero es solo mi imaginación. Con las dos caricaturas hicieron un altar porque me salvé, más bien el muñeco se salvó de ser encarcelado: era amputarle los dedos o cadena perpetua. Junto al altar dos o tres tenedores de plástico y un poco de Brugal por si Santa Marta viene.

La autora

El creador de esta isla: yo
Tengo los poderes yo sé lo que tú no sabe yo descubrí el mundo yo hago la factura yo tengo más de una cabeza yo veo bien yo digo lo que me da la gana yo tengo pánico yo construí esta isla yo voy en línea recta en una bicicleta y cuando se acaban las avenidas me subo en un barco yo lo construí ahí mismo yo sé hacer de todo yo tengo seguro médico yo tengo poderes yo respiro yo aspiro yo contamino yo sé que tus tetas son de mentira yo floto yo tú él nosotros estamos aquí y nadie sabe el por qué y yo tampoco yo he visto a Dios yo lamo las paredes yo soy la solución yo soy un rey yo yo yo y otras cosas yo soy —ay, aquí hay un ahí— yo ay yo aquí yo hay yo un yo ahí yo miro desde la azotea ¿Lo dudas?

Es un ladrón

Cualquier persona puede llegar tarde al entierro, menos el muerto, que tiene que estar en la caja de madera pudriéndose. Y por eso hay gente que llora y otras que se ganan un dinerito extra cuando lloran más fuerte que los demás. Están pagando 20 pesos por lágrimas. Lágrimas artificiales. Rocío del sereno en el cuerpo del muerto. Es un ladrón. Flores. Cuatro velas en candelabros de metal gris. Es un ladrón. Y ¡Guay! ¡Guay! "tan bueno que era". El presidente es un ladrón. Lo entran lo sepultan y el poeta del barrio "descanse en paz". Un gato. Café. Se solicitan muchachas de buena presencia. Buen sueldo. Es un ladrón.

La carnicera se pelea con la arepera a las tres de la tarde en la puerta de mi casa. Es un ladrón. No es un hombre, es un espermatozoide en proceso evolutivo. Es un ladrón. Dientes de oro y colmillos de plata. Es el diablo. Te voy a entregar la clave para que puedas administrar tecnológicamente su putrefacción. "¿Qué dejó de herencia?", nos vemos en los tribunales es un ladrón. El cielo si está bonito con todas las estrellas afuera. Es el cielo. El muerto ya hiede. Es un ladrón. Se cura la tuberculosis.

Cuatro guaguas regresan a la casa. "Nos vemos en los rezos, las horas santas y el cabo de año". Es un ladrón. Había una esponja debajo de una mesa y se había tragado todo un charquito de agua. Se alquilan habitaciones. Muchacha seria. Es un ladrón.

Juego con Papi*

El cuerpo está solo. Hay una mesa, no lo acompaña. El piso habla, una mancha en la alfombra toma vida y se mueve asquerosamente por toda la habitación, ahora vive en la pared. El cuerpo se mueve, la mancha va lentamente cambiando de color. Entra un mosquito y en una esquina van muriendo las moscas y las ratas. Un narcotraficante auspicia afuera un centro de caridad.

"Papi tiene más de to que el tuyo, más fuerza que el tuyo, más pelo, más músculo, más dinero y más novias que el tuyo. Papi tiene más carros que el tuyo, más carros que el diablo, tantos carros que tiene que venderlos porque no le caben en su propia marquesina. Papi tiene carros que hablan y te dicen que te pongas el cinturón y que cierres la boca, en inglés, francés y otros idiomas. Papi los maneja, uno diferente cada día, porque son tantos que tiene que repartírselos, uno por la mañana, uno por la tarde y otro por la noche, es decir cada cuatro horas. A veces uno incluso para el almuerzo. Uno para irme a buscar al colegio, uno para ir a mi primera comunión, uno para visitarme los domingos, uno para ir a visitar a su mamá y otro para sus hermanas, un jaguar para el día de los padres, un camaro para el día de los enamorados, un be eme doble u para las inauguraciones, un ferrari para llevarme a comer helados. Un carro que usa cuando va a traerle a mami mi mensualidad, uno para cuando viene a decirle a mami que quiere vol-

---

* La novela *Papi*, de la escritora dominicana Rita Indiana Hernández cuenta la historia de una niña y la relación delirante con su padre desde una prosa fresca que cuestiona al neomacho del trópico contempo-ráneo. Es esa obra la referida aquí.

ver con ella y otro (por lo general un Mercedes baby descapotable) cuando viene a decirnos que vuelve a casarse con otra y que nos invita a la boda y deja los muebles de mami impregnados con su perfume que es muy fuerte, más fuerte y más caro y más bueno que el perfume que usa el tuyo, si es que acaso tu papá ha visto alguna vez uno".

La televisión se enciende y se proyecta en un canal a José Francisco Peña Gómez en una caja de muerto. Todos visten de blanco, menos la esposa, que llora frente a la tumba vestida de negro. El sol ciega. La hierba está alta. Los militares desde una fila entonan las notas del himno nacional. Se apaga todo. La mancha se transforma en un polvo, ahora es una gota de agua. El cuerpo se mueve a la cocina, toma un vaso. La gota entra al vaso, el cuerpo se la toma. Pierde la cabeza. Sale corriendo. Ahora se escuchan los gritos por la radio: fm y am en una misma frecuencia. La economía sube, los por cientos suben, el petróleo deja de escasear. Levantan faros de oro y la cabeza rueda tanto que cruza la calle, una mujer que la ve, colapsa. Llama a la policía que nunca llega. Corre. El mar se inquieta, caen los puentes. Los vehículos se transforman en aviones y barcos de cartón. Una reportera pierde su trabajo y se dedica a la prostitución. Todos los que nacieron el 26 de marzo ahora gobiernan el mundo. Un volcán hace erupción. La bandera nacional pierde la libertad junto a su asta por un montón de hormigas. La universidad es cerrada. En la cúpula de Bellas Artes bailan mangulina. Una manguera lanza fuego. Cerca y 20 metros más allá todo es ceniza. La mujer que había colapsado despierta. Huye a una iglesia: Jesucristo está esperándola con los brazos abiertos. Nadie sabe explicar lo que pasa. El cielo está gris. Todo el mundo corre con destino a Santiago. La zona colonial es un desierto. Un salón vacío donde las estatuas se van transformando en bicicletas. Los relojes se detienen. Los árboles del Jardín Botánico pierden su verdor y el verde cae a la tierra en forma de líquido. Se ensucia todo. El río está verde. Mueren peces. La luna se aposenta tristemente en el cielo. No hay estrellas. Nadie sabe lo que son los signos del zodiaco. Amanece. El sol quema y sale Thelma de Los Kilómetros intentando volar. Los gallos no cantan. Un camión despierta a todo el mundo con su ruidosa bocina. Todo era un sueño. Nada es verdad.

Un domingo

La estatua de Cristóbal Colón está sola. Ya no hay enamorados dispuestos a ir a besarse a los parques. Ya se fueron todas las palomas. Todo el que aprovechaba las tardes para sentarse en ese espacio se ha ido de la isla: el mar por su olor a salitre también está solo. Lloran las abuelas que antes iban con los nietos. Ahora la estatua que decora el centro no es la de Colón, es otro el busto que señala. Nadie sabe el por qué, honestamente a nadie le importa lo que pasa. El señor que vendía maní ahora es payaso y su sonrisa besa un pintalabios rojo con los cabellos amarillos como pollito en el patio de alguna casa de San Francisco de Macorís. Ahora todos los buenos dominicanos están esclavizados frente a una computadora. El paso siguiente será poner su nombre en el buscador anhelando respuestas: unos googlean su nombre. Si usted aparece, existe, si no, usted está mal. La conexión falla. El mar sigue solo. ¿Usted podría regalarme unos lentes de sol? Las embajadas están llenas de personas y el excelentísimo señor presidente se toma una Presidente bien fría desde su avión privado y saluda a los habitantes de la Ciénaga. La constitución nacional juega el papel que juegan las esculturas de museo: nada. Yo estoy aquí porque no sé nadar.

Inicio de un futuro diálogo

Tengo muchas preguntas: ¿Es esta mi casa? ¿Quién la construyó? ¿Formas parte de mi casa? Pero mi casa-olas. Universo: pasar de lo particular a lo universal, mientras se sigue siendo Caribe. Reflexiono en estos años jugando a ser un ser individual, reflexiono las calles, la ciudad de Santo Domingo. Casi muero, casi no vuelvo una noche a mi cama, casi descubro el amor, casi se me arma un trabalenguas entre la palabra palabra y el paladar. Casi no veo. Necesito más luz, luz verde, un semáforo. ¿Cuándo vas a contestarme el teléfono? ¿Cuándo dejarás de hablarme en inglés? ¿Cuándo me darás la oportunidad de dejar de ser esclavo y ser amo? Dios está siempre sentado en una silla y lo estará hasta que vuelva y ponga todo en su sitio: sitio-universo, sitio-espacio, sitio-lugar, sitio- casa. ¿Entiendes ahora mi dolor? ¿Entiendes ahora que el tiempo es un imán en esta vida de metal? Contestas siempre tarde, pero contestas y eso me llena de alegría: alegría-universo, alegría-dominicana, alegría-paz. Sigo siendo caribe, sigo siendo el mismo muchacho de la foto de mi cédula. El mismo muchacho de la foto de mi pasaporte (hay una diferencia: en la primera parezco un militar y en la segunda un artista). ¿Por qué este deseo de salir corriendo? Tengo listo el pasaporte para irme, tengo lista y planchada la ropa que me pondré los próximos días. ¿Crees que es una máscara? ¿Crees en la poesía? ¿Crees que muchos de nosotros llegaremos vivos a la muerte? Esto no es un poema, es un cuestionario para que saques una hoja en blanco y lo respondas, y luego me escribas un correo con las respuestas, las cuales yo deberé de analizar, porque quiero establecer un diálogo contigo. Este texto te está hablando. ¿No te das cuenta que estamos uno casi sobre el otro y no nos hablamos? ¿No vez que la familia ya no es familia? Mi hermanita usa mis lentes Truper todo el día, por ello no se quedará ciega, sino todo lo contrario, dentro de su imaginario ella tiene más poderes que cualquier X-men. ¿Qué es más importante: un pene circundado o un poema? A los escritores deberían de abrirnos las puertas, porque siempre no las han cerrado, pero sigo siendo Caribe. El rey de Las Antillas, en este archipiélago que yo mismo he inventado ¿Crees que no eres una hormiga? Te daré tres opciones:

1) Sí

2) No

3) Puede ser

Por el amor al arte, nos toca ser pelotas, dentro de la inmensidad del universo. El árbol siempre dará frutos hasta que deje de ser árbol y se convierta en el papel que usas cuando vas al baño ¿Te das cuenta que eres también culpable de este dolor, de este movimiento de la tierra, de esta catarsis fingida con un par de tacones comprados en La Sirena? Le negaron la oportunidad de casarse y ella se mató. Nadie sabe dónde está. Si llegas a verla dile que el casarse no resolvería sus problemas, sino que resolvería una normativa moral, familiar, comunal y hasta personal. Anja. ¿Sabías que ya está llegando el cambio? ¿Sabías que faltan horas multiplicadas por dos, para que yo tome el mando? Si usted no conoce a Lorca, entonces no vale la pena que conteste este cuestionario. Respire, respire y respire. ¿Siente que se le va la agonía?

¿Siente que dentro de él hay algo?

¿Cree que es el alma?

No.

Sí.
Anjá.
Bajimama, añugaperro, pasola, barrio, Pirulo, Salvador Dalí.
Todo está en una misma órbita en esta cabeza que sueña. ¿Sabías que ahora es todo destrucción? El abanico será mi armadura por el simple hecho de que da vueltas y todo lo que da vueltas tiene un grado de importancia (no me gusta lo estático). A mí también me dijeron que los hombres no lloran: el hombre- piedra, el hombre-robot, el hombre-no hombre, el hombre-estático. El síndrome del morivivi es una enfermedad que viene por efecto de la resurrección y la supervivencia de Cristo, ¿En cuál grado te encuentras dentro del síndrome? Si te preguntara "seleccione entre un guion o una coma" ¿Cuál seleccionarías? ¿Por qué? Usted quiere que piense, ahora bien, ¿Me cree capaz? Soy un pensamiento.
Estoy investigando (me).

Duarte y París

La nevera de mi casa es Magic Chef
La abro
Tomo agua
Salgo de la cocina buscando el sol
Muevo una silla amarilla.

Ropa de paca
Ropa de paca
Ropa de paca
Ropa de paca
Ropa de paca
Ropa de paca y espero.

Salen gatos Miro arañas
Ropa de paca es lo que tengo.

¿Y qué?
¿Qué lo qué?
¿Por qué?
¿Dime a ver?
¿Cómo fue? Y espero.

La casa está más pequeña cada día
Todo se encoge
Ya no cabe la nevera
Me voy lejos.

Ropa de paca

Ropa de paca
Ropa de paca
Ropa de paca
Ropa de paca
Ropa de paca y desespero.

Busco otros humanos que también son yo.

Son a diez
Son a diez
Son a diez
Son a diez
Son a diez
Son a diez y espero.

En la espera desespero, desesperadamente espero.
¿Y qué?
¿Qué lo qué?
¿Por qué?
¿Dime a ver?
¿Cómo fue? Y desespero.

Himno nuevo

Dominicanis valientis alcemis
Por todis las botellis derramadis en las callis
Lis nuchis, lis tardis, lis Mar Caribe.

El santi varón dil cementerio "Chofer me deja donde
pueda, cuando cruce",
en la esquina que está puesta ahí para eso,
Fastidiasti mi vidi y ahori no hacis nadi
Me voy me voy
Ahorita, cuando pase la tarde
Y es que esti no es un trance, es el destino.

¿Acaso hay algo más bochornoso y repugnante que te choque una guagua de la ruta de Invivienda, cuando tú no vives por ahí?

Ni hay suertis
Ni tasis de té en un balcón
Caserola, candado, tripiete eto loco, loco yo soy dio,
date eto loco que yo soy Dio'.

809 568 3472

Tranca, palanca, retroalimentando el tic tac tuc de un reloj nuevo que está en la pared que se despega con la pintura de diciembre. Vamos. Podemos salir o ver televisión. Apaguemos la computadora un rato y escóndeme en los productos que usas para mantener tu pelo lacio. Lacio y bello y largo y lacio. Así uno se descubre entre lo que pasa la noche y sale el sol.

Padris nuestris que estás en los cielis
En la tierra,
En el mar,
En el aire,
En el fuego,
En las OMSAs que atraviesan Naco,
La Independencia.

Palanca tranca la santa que está en el altar que levantó mi abuela. Sale de la casa, abre la puerta. Juega la Quiniela Palé. Se me dañó la computadora. Se me mojó una caja, una artista muerta frente a la botella medio llena de una Presidente Light. Le dio la gota y pronuncia palabras que comienzan con c:

Calma, Calabaza, Capota, Carro, Colmado, Calamar

Cocaína que te pone loca, como una tabla. Amén.
Y 8095682222 si quieres que te den la hora.

Una de las *Postales*† mentía

Soy la auténtica *Marilyn Monroe de Santo Domingo*, la loca, la travesti del barrio, la que anda por el mundo escribiendo poemas en los preservativos de los amantes que no quieren enfermar de SIDA. La de los rituales, la incomprendida ninfómana que prende velas a los santos.
La ninfa, la hipersexual, la del tigueraje.
La que nació macho y el destino se encargó de volver cuasihembra. Un monstruo que menstrua.
Entonces, comienzo el ritual:
Lo primero que hago es leer el poema diez veces, desnudo, frente a un espejo que moví del baño para pegarlo a una de las paredes de la ante-sala. Desnudo, porque quería darme cuenta de que eso seguía ahí, de que no me lo había mochado, para ver al mismo tiempo como se me corría el maquillaje con las lágrimas que tenían su origen en entregar la corona de Miss Boca Chica mil novecientos noventa y cuatro, y ver-sentir dos medias deportivas dobladas simulando ser mis tetas.
L.A, o sea, Los Alcarrizos se me estaba poniendo chiquito. Chiquitico. Chiquitísimo. Tan chiquito que se estaba desapareciendo, cayendo, mutando a otra cosa. Era otro barrio más. Por eso me iba a otros lugares donde los espejos de los moteles tuvieran más espejos que me multiplicaran cuando

---

† El libro *Postales* de Frank Báez ganó el Premio Nacional Salomé Ureña en 2009 y ha sido editado en Costa Rica y Argentina. Frank junto a Homero Pumarol fundó y conforma la banda de spoken word EL Hombrecito. Es editor de la revista virtual de poesía Ping Pong.

me pusieran en cuatro y después aguantar lo que venía, que al final tó e' ná. Ná e' ná. Tó e' ná cuando se tiene un culo de esponjas y una silla plástica en espera de ti, en una barra, para sentarte a beber escuchando a Zacarías Ferreira y a las amigas-amigos-maricones invitando a jugar Bingo. Sí, señores, tó e' ná, cuando se vive en esta hipocresía. En esta mentira travestida de verdad.

Tó e' ná
Ná e' tó
Tó e' coro
Tó e' coro

Tó e' tó cuando hay que ir con cuidado para que no venga Juan y te pague con un tiro. No es fácil estar aquí. No es fácil darlo todo por ser, cuando no se es lo que se quiere que es. Cuando no se es lo que es que quiere que es. No es fácil ser un mujerón, una rubia de dos pulgadas, no es fácil ser la Marilyn Monroe de una ciudad que realmente es un lobo con hambre y miserias. Santo Domingo se está quemando. Está cogiendo fuego por las cuatro esquinas, mientras me estoy cogiendo con otro macho. Pero no se preocupen, yo estoy resolviendo el problema. He comenzado a salir con poetas, chiriperos, guachimanes, modelos, ingenieros, artistas plásticos, levantadores de pesas, abogados, rubios, funcionarios, toleteros, se lo mamo a los parqueadores de carros y ellos también me lo han mamado a mí, ahí mismo, en la acera y termino en el último banco de la iglesia: llorando. Orando. Hablando con Dios desde esta boca ataviada con un pintalabios dorado encendido de los que usaban Las Chicas del Can. Estoy estudiando inglés. Me llamaron. Están adelantando el proceso de visado. Comienzo a venderlo todo. Gasto todo el dinero. Me quedo en la calle. Ya hablo un poco. No necesito aprender demasiado, porque no tengo que abrir la boca muchas veces, pretendo tenerla ocupada. Eso sí, no he dejado de escribir poemas encuera. Soy una megapoeta. Me gusta escribir poemas. Me llamaron de nuevo: ME NEGARON LA VISA. Yo estaba fichada dos veces. Yo estoy acusada de intentar secuestrar a Anthony Ríos. Yo estuve presa en un destacamento de Villas Agrícolas, porque me encontraron varias hojas de yerba. Y fui engañada. Me habían prometido no ficharme si tiraba un polvo con el comandante. Me engañaron después de ponerlo a coger su gustazo. ¿Ahora entiendes que no miento cuando digo que esto es una mierda?

La vida es una mierda
Mi barrio es una mierda
Mi historial delictivo
La peluca
Las hormonas que me inyecto en las piernas son una mierda
El mundo es una mierda.

Estoy en Nueva York. Pude irme con un pasaporte falsificado, macheteado, alterado, truqueado, dominicanamente he estafado las autoridades migratorias para poder estar con mis seguidores. Con los que aman mis poemas, con los que me leen. La quinta avenida is my home

La quinta avenida es la pasarela donde modelo las tetas y las nalgas que me han pagado decimeros, poetas y raperos que conocí en el Nuyorican Café. La casa más grande de Los Alcarrizos es la de mi mamá. Soy aclamada, deseada, venerada. Salgo en la prensa, salgo al escenario con ropa nueva, siempre. Me idolatran, glorifican mis poemas, me publican libros. Conocí a un moreno y me chivatió.

Me apresaron y me deportaron.
Soy la auténtica Marilyn Monroe de Santo Domingo Soy la auténtica Marilyn Monroe de Santo Domingo Soy la auténtica Marilyn Monroe de Santo Domingo Y entonces Frank, ¿qué se va a hacer?

Enfoque interno

Se acabará mañana el poder de los botellones de agua. Hazlo ahora. Vete. Toma el dinero: 250 pesos de aquí a Santiago. Un bultito, un bultote. Esconde la barriga. Llévate la tortuga que se está poniendo amarilla. ¿Les dirás a los vecinos quien es el padre? No abortes. ¿Pecado?

Construye una torre
Ponte en la escuela
Aprovecha las ofertas de los supermercados
Santiago de los Caballeros arde en tus pies.

¿Les dirás a los vecinos que has pecado?
Mañana el poder de los botellones desaparecerá
¿Me copias?
En el bultito: todos tus sueños
En el bultote: todas las palabras que no deberías de pronunciar en público. Donde hay otras gentes.
Come a veces
En esta batalla saldrán heridos todos los lápices de colores de tus futuros hijos. El supermercado está cerrado. Arden tus pies.

El camino se vuelve más angosto
Fuera: no hay de ná
Dentro: tampoco
Aquí no hay de ná
Pero somos felices mirándonos a los ojos y tomando agua fría.

El cuento, el mismo cuento Se sacó el muchacho.
"Admiro tu voluntad, tu tenacidad, el deseo de sacrificio"
No e' fácil ¿verdad?
Ven a mi auxilio mujer, ven.

II

¿Qué es lo que está pasando que la gente está bailando?
El amor está viniendo ahora por onzas,
El amor a Dios en libras,
Yo amo en yardas y pulgadas,
Amo mi órgano genital ¿Seguro que no quieres verlo?
Mujer, hombre. Lo que sea. No me importa.
Si le vas a tomar una foto no me tagués.
Ven, que me estoy sintiendo solo y comienzan problemas de otra índole. El gato habla, las mariposas están debajo de las piedras. Ella no abortó ningún muchacho, sino el sistema. Ella sabe que mañana el poder de los botellones de agua desaparecerá y con ello desaparecerán las angustias y nacerá la democracia, entonces, construiremos una piscina del tamaño del amor y estaremos aquí, pero fresquecitos.

III

Le he dicho a todo el mundo que estoy muerto en esta isla de hierro. He mentido. No estoy muerto ná.

IV

Él trajo la muerte
Él sabe lo que habla
Él calla
Él construyó la torre
Él lo sabe todo, es un tiguerazo

Él baila, canta. Come mucho.
Él es el muchacho que te había dicho
Un artista.

V

Desapareció el poder de los botellones.
—¿Es hora de que mi imperio comience?
—No.

Es difícil ser un delfín en este tiempo

Son otras cosas las que busco. El mar está tan lejos. El mar no existe, vuela. A mí me abrió los brazos el mundo. Desde un motel con mi amante, que es una luz que viene desde arriba, de lo alto. Y la luz es más grande que todos los obeliscos de Santo Domingo. Trazando el camino hacia mi deseo de ser un delfín, donde no hay mar. Donde aunque es Caribe, no hay palmeras, sino gente vomitando esponjas, donde iré más tarde a sentarme y dormir mi siesta. Todos lo que crean que estoy alucinando caerán como un avión un 11 de septiembre. Donde el pánico eyaculará sobre el culo del polvo. Porque el polvo y los gritos ahora tienen culo y espalda y las lámparas de cebollas también caerán para vivir mi trance. Pondré un barco donde entrarán a salvo todos los que han creído en mí. Y los que no, se quemarán junto a la basura y sus fantasmas de tiza roja. Muertos todos. Los que no han creído, los sordos, los ciegos, los bugarrones: TODOS. Se quemarán al mismo tiempo y yo riendo pondré más leña, disfrutando ver sus cuerpos descomprimidos en la tierra, y es que esto no es un trance. Es el destino. Lo que había dictado en los libros (con letras pequeñas), para que solo unos pocos lo vieran. No lloren, se los había dicho.

Tocan mi puerta

Está tocando la puerta el hombre que vende maní. Que se vaya, que se vaya, que se vaya. Porque si está tocando es porque es tan grande que no cabe, porque la puerta ahora es un triángulo y él solo sabe caminar donde hay círculos. En el patio todavía se gastan mis juguetes: sucios, marrones. Se gastan como si fueran parte de la tierra, es por ello que quiero que se vaya ahora, antes de que alguien le abra y vea todas las cabezas de lagartos que adornan mi habitación y vea todas las manchas marrones que ensucian las alfombras. Es el hombre que vende maní el que llama a las sombras por mi nombre, pero ahora no es un hombre, es uno más de los juguetes que perdí en mi infancia.

¿Para qué viene ahora a buscarme? ¿Por qué ahora todos quieren buscarme? Cuando más que nunca prefiero estar solo y esconderme junto a donde no hay maníes, ni señores con batas que se arrastran, ni aviones. Ahora quiero estar todo el día mirando por la ventana, sin que nadie me mire, sin probar otro bocado que no sea agua con azúcar morena. Les ordeno que dejen de tocar mi puerta. Que se vayan. Que se vayan ustedes y el señor, porque no son bienvenidos en mi casa.

¿Qué es lo que traen en esas maletas? ¿Cuál es el afán en contarme los dedos? Que se vayan. Que en mi casa ustedes no tienen habitaciones, ni espacio alguno para ocupar. Todas las paredes solo dicen el nombre de mi sombra. Las manchas son del azúcar que escupo en las alfombras, porque eso es lo único que quiero que esté en mis paredes.

Ese maldito hombre del diablo no entiende.

He gastado mi sueldo en aceites y velas. Ahora no tengo un peso para el pasaje. Camino desde mi casa hasta el cementerio y el señor que abre la puerta es Metresilí, en forma de policía. Camino hasta donde están los altares, los misterios mueven la tierra, porque mami me pasó sus misterios y desde entonces yo no duermo. ¿Para qué dormir si tengo misterios y todos los poderes del mundo?
No aguanto más y mato al hombre con un saco lleno de aguacates. Ahora mi habitación no está solamente decorada con lagartos, sino con la cabeza del hombre más inoportuno. Y cuando me fijo bien, el hombre muerto es mi padre.

La Feria de la Confraternidad y el Mundo Unido

Si está ahí es por y para algo.

I

Algunos dicen que es un monumento, pero yo sé que no. Este es el centro de la tierra o quizás del universo. De él depende que se produzcan los ciclones tropicales o no. Ahí es que uno debe de ir cuando necesita dinero o agua para limpiar su casa o la del vecino. Tiene mucho tiempo, tanto que está perdiendo sus colores auténticos y uno, como una obra de caridad a la humanidad, va con pintura y lo pinta. El despacho de la Primera Dama debería de proponerle al presidente que cada cierto tiempo alguien vaya y lo pinte. Está puesto estratégicamente frente al mar porque de noche, cuando se llena de prostitutas y travestis, se vuelve un faro y justamente es cuando la gente hace fila para subirse en su cúspide (como si fuese una montaña rusa) y mira el resto del mundo y los mundos y las islas adyacentes, porque se pone tan alto que uno puede ver todo. No me subo por mi temor a las alturas.

Nadie sabe quién lo construyó, pero algunos expertos en la materia han escrito que una estructura de tal magnitud no pudo ser construida por manos humanas, entonces todo el que lo piensa termina siendo evangélico o de cualquier otra secta, porque dice que fue Dios quien lo construyó al octavo día y que no aparece en la biblia, porque, según la misma gente, alguien despegó las páginas. Cuando se ponen a discutir esos asuntos, no opino, porque "en bocas cerradas no entran moscas". Las gentes que si opinan sobre eso duran horas y a veces días exponiendo lógicamente el origen del asunto. Para mí es una pérdida tiempo tratar de explicar cómo diablos esa vaina está ahí, con sus cosas. Las cosas son todas las cosas que están con él y las casas de cartón que han construido los que no tenían casa.

Hace un tiempo, mi tía Rosy tenía tuberculosis y mi abuela, que siempre ha tenido una fe especial para los milagros la llevó hasta allá. Debajo, el asunto tiene una pileta de agua con el fondo decorado con una cortina de lama verde y gusarapos. Esa misma agua fue la que curó a mi tía y desde que la gente se enteró, levantaron un centro de curación y una iglesia. Ahora no se curan solamente los enfermos de tuberculosis, sino también los enfermos de lepra, raquiña, cáncer y SIDA. "Culto los jueves y los viernes de 5:00 p.m. a 8:00 p.m., respectivamente" dice el letrero blanco que pusieron. Eso se llena de gente con deseos de liberarse de los malestares físicos y males, así que si usted tiene algún quebranto de salud no dude en asistir porque la sanidad y el culto son gratis.

No toda la gente le hace caso a esas cosas. Me incluyo en toda esa gente. Entiendo, que eso también es una pérdida de tiempo, honestamente, ya ni sé lo que no es una pérdida de tiempo.

En las tardes que es cuando menos personas frecuentan el asunto, es cuando voy y me pongo a hablar con él, porque también habla. En una de nuestras conversaciones me ayudó a saber cuál era mi comida favorita: tenía dudas entre el mangú de plátanos verdes con huevo y cebolla (por arriba) y puré de papas con queso y cebolla (también por arriba), pero esa es una de las aclaraciones más simples que puede ayudarte a solucionar el asunto. Hay personas que han podido saber cuál es su color favorito y su preferencia sexual. Cuando pasa algo que hace años era imposible imaginar, como que un muchacho de nueve años matara a toda su familia. El asunto te explica el por qué y si está de humor te da soluciones.

Muy cerca hay varios barrios que le han puesto el nombre de La Feria. Los barrios, son relativamente tranquilos. No hay casas, sino apartamentos de cinco y cuatro pisos, casi todos pintados de azul cielo. El nombre tiene su origen en el hecho de que siempre a fin de año se hace una feria donde va el presidente y corta una cinta con los colores de la bandera y eso se llena de turistas que van a comer palomitas de maíz y a mirarnos a nosotros y al asunto, como si fuésemos una película. Tocan orquestas de merengue y bachata y se incrementan las filas:

1) La fila de los que se van a subir a la cúspide a ver el mundo, los mundos y las islas adyacentes.

2) La fila de los que buscan sanidad y la iglesia.

3) La fila de los que van para donde las prostitutas y las travestís.

4) La fila nueva, que es para quitarse la vida tirándose al mar que está después de cruzar la avenida. Mucha gente no ha tenido que cruzar para suicidarse, porque es atropellado y desbaratado en pedazos cuando intenta ir al otro lado. Si usted se encuentra con alguna parte del cuerpo de una persona conocida que no le sorprenda que sea ese el motivo.

5) Y la otra, la imaginaria, que es exclusiva para los dominicanos que juegan a la pelota en las grandes ligas y los que se han ido en yola hasta Puerto Rico. Los fines de semana también se les permiten entrar a los dominicanyork. Esta es la única que tiene el requisito de RD$ 500.00 pesos oro.

Cuando hacen la feria no es igual, eso se llena de policías vestidos de gris y negro con sus respectivas macanas. Si a usted se le ocurre correr con una gallina (o cualquier otro animal) en la mano o con un muchacho buen mozo, le entran a macanazos. También pueden entrarle a macanazos si dobla la esquina y, a la vez, come caña o huevo o maní o se toma un frío-frío. Nada le pasa si tiene un tinte rubio o pelirrojo en la cabeza.

Para poder estar cerca del asunto tiene que cumplir con una serie de reglas y es que estar cerca del asunto no es cualquier cosa. Hay gente que amanece desde el día anterior en una de las filas para poder hacer su pedido o índole, porque es como una bola de cristal que adivina el futuro. Los que andan con el presidente han inventado junto con los policías un manual donde hay vainas que cumplir para poder entrar:

ARTÍCULO 1:

(De los que sí pueden entrar)

No tendrán problemas en entrar a la feria aquellos que se combinan los zapatos con la correa y los que andan con más de veinte pesos en la cartera. Los otros serán macaneados por cinco minutos si desean entrar.

ARTÍCULO 2:

(De los objetos que no pueden entrar)

No se permite acceder a donde está el asunto y todo lo que él involucra con fundas de esquimalitos (especialmente los de sabor a fresa), ni sombrillas, ni objetos pulsantes, ni blusas bajimamas, ni polochers que digan "I ♥ NY", ni cámaras de fotografía y vídeo (al menos que sea turista), ni sillas plásticas. De todas formas se les entrará a macanazos.

ARTÍCULO 3:

(De los que entran gratis)

Siempre se hará un concurso mediante los números que salen en la Quiniela Palé o por Sábado de Corporán. En el primero, deberá tener el primer premio del sorteo de los domingos y, en el segundo, deberá llamar al programa cuando el presentador lo indique (puede tener como pista para llamar cuando él dice: "esa boquita tuya").

ARTÍCULO 4:

(De las otras especies)
No se permiten animales de ningún tipo. El paso de los misterios y los monstruos se puede negociar.
Esto es democracia.

II

Todo vuelve a la normalidad en enero. Los muchachos comienzan a ir a los colegios improvisados en casas de dos plantas y bajan en guaguas, los más adultos van a la Universidad Autónoma.

El asunto sigue ahí, reduciéndose y fruto de ello la energía comienza a irse en las madrugadas, porque el asunto es el centro de la energía de la isla, el universo, el mundo, los mundos y las islas adyacentes. A su vez, los postes del tendido eléctrico comienzan a caerse, pero a este último problema se le ha buscado solución, lanzando tenis viejos a las líneas de alambres. Esto solucionó el colapso de los postes de luz y sirvió como decoración en diciembre.

A los barrios de La Feria comienzan a construirles más barrios para ponerles nombres nuevos y para que salgan en los periódicos los beneficiados diciendo que estamos camino a la modernización y así mismito lo hacen. Están construyendo una avenida que nos lleva desde muy lejos hasta donde está el asunto, para ello están cavando un hoyo enorme frente a un multifamiliar.

Después de unos días, los monstruos de metal, pararon las excavaciones porque encontraron oro. Los que vivían ahí se lo llevaron todo y dejaron sus apartamentos vacíos y entonces, se procedió también a demolerlos para hacer otra avenida, porque el asunto es lo único que importa.

Usted no puede caminar por ahí y menos si está descalzo. Las piedras son del tamaño de la cabeza de un niño hidrocefálico y la tierra amarilla se vuelve lodo cuando llueve.

Ahora lo que se ven son hoyos enormes que parecen cráteres en las calles. Gente poniéndose pedazos de madera en la espalda como si fueran cruces. Yo estaba dentro de todas esas personas, pero no estaba cargando madera, me quedaba en la orilla del hoyo más grande mirando para el fondo con deseos de caerme, y es que para mí no eran hoyos, sino túneles que me iban a sacar de esa multitud con hedor a saliva, como haciendo un culto post-satánico. Mi nombre aparecía graffiteado, con una falta de ortografía, en la pared del frente del multifamiliar donde vivía, con una falta de ortografía, porque la "h" en mi nombre está entre la "o" y la "a", no entre la "j" y la "o", o sea, es "Johan" no "Jhoan". Ese "Jhoan" no era yo. Soy otro.

Siempre parece que estoy tarde y justo una hora después de ver el intento de escritura de mi nombre,

comienzan a sonar las sirenas de la Cruz Roja, fruto de todas las personas que de manera accidental se habían desaparecido luego de caer en algunos de los hoyos, y cuando escucho las sirenas corro y corro, porque me dan miedo, porque siento que vienen detrás de mí. Entonces, corrí hasta llegar donde lo que se escuchaba era un camión sacando tierra negra del patio de la casa de mi abuela, para tapar los hoyos y mi abuela en una lloradera continua, porque la tierra se iba junto con sus flores.

Mi abuela es enferma con las flores. Siempre regala flores, su casa está decorada con flores. Entras a la sala y crees que estás paseando por algún vivero de Constanza, porque ella tiene una especie de cada una. Hay incluso una que trajo el año pasado desde Haití, que según ella, daba los números de la Lotería en forma de rocío y yo en ocasiones dudo que esto no sea verdad, porque siempre salía premiada. Una vez se sacó un abanico Oriental en una rifa.

Después, lo que se veían eran montañas de tierra que tapaban los hoyos y cadáveres que se habían caído por ellos. Ahora eran fosas comunes o algo así.

III

Monumento de vida
Sol
Arma trote de luz y vida
Cucaracha de sueños
Centro inagotable de paz
Y acopio al que sangra
Referente de sanidad
Culpable de todo
Peñón que se necesita
Mecedora del va y ven
Artefacto desconocido
Asunto que nos mantiene vivos
Avenida de justicia
Meca, centro, madre de la isla
Cicatriz de este archipiélago
Y santo remedio
Generas fastidio, Ferias de alegrías, un planeta
¿Es usted mi casa?
Bola marina
Bola del mundo
Bola más grande quel diablo
Bola miserable eres yo
Y te salvas porque al final me di cuenta que eres de cemento
Ven a ver lo que estoy viendo
Corre y ven a la feria de La Feria
Ay sí.

IV

El asunto sale nuevamente en los periódicos. Ahora hay una cruz de avenidas que lo acompaña. Los que no tenían casa, ahora tienen apartamentos. La tarea será, según el presidente, convertirlos en hogares. Vuelven las mismas orquestas de merengue y bachata y se hace una fiesta muy parecida a la feria, pero sé que no es la feria, porque faltan los turistas y los policías dando macanazos. Empieza la gente a moverse en filas. La más larga es la que lleva al mar y las otras se van reduciendo. Me llama a la atención la fila en donde las personas entran con cáncer y salen sanos, entran sin piernas y salen corriendo, entran calvos y salen con un pajón. En el entra y sale, la bolita del mundo se pone más chiquita. Ya no hay luz.

Las filas van desapareciendo junto con el asunto y los pedazos de la gente de la avenida se van corriendo al ritmo del ¡¡¡¡BOOM!!!! Del asunto cuando explota. Así fue que terminó la humanidad.

Este cuento no tiene nombre, todavía

I

Para mí era difícil que nos encontráramos de nuevo. Todo era diferente. Extraño. No había lo mismo que años atrás. Ahora lo que nos iba a dividir era el montón de escaleras que tenía que subir para llegar a su apartamento y subirlas. Era como hacer un viaje a otro mundo, más bien era hacer una trayectoria hacia lo divino, porque todos sus vecinos eran evangélicos y él ahora era un predicador. Él había aprendido varios fragmentos de la biblia de memoria. Era un santo o quería ser un santo. Cuando al fin llego, hasta el cuarto piso, la puerta marrón parecía la boca de un niño que por comer tantos dulces los dientes se le habían llenado de caries, pero aquí no había dientes, ni niño, ni caries, sino la puerta del apartamento de mi amigo con un montón de carcoma.

El mundo es una trampa donde van cayendo por un hueco enorme muñecos de plástico de todos los tamaños y colores para poder sobrevivir cuando se acaba la naturaleza o cuando comienzan a llover gotas de cemento y a veces piedras. Además, pensaba todo el tiempo que yo estaba en este mundo de paso, por ello no me preocupaban tantas cosas, o más bien, me preocupaban las cosas que me interesaban, dentro de ellas saber que tenía que tomar mucha agua para mantener mi piel limpia como la piel de la luna cuando está en cuarto menguante.

"Pasa", me dice, Randy.

Me va abriendo la puerta y tengo que empujarla. El peso es lo más incómodo y tenebroso que he sentido en todo este tiempo, ni siquiera tener que equilibrar la cabeza en mi cuerpo durante tantos años me había dejado tan cansado. Ya dentro, me siento en el piso, frío como hielo porque no tenía ni un mueble. Eran él y Sindy, una loca que había recogido de la calle, bañado y peinado para que lo acompañara. Siempre le habían gustado las dementes. "Y es que eso es una enfermedad" y él "que no, que no, que sólo ese tipo de mujeres me entiende", y yo: "ah, sí". "Vine a contarte lo que me está pasando", le digo temblando, mientras enciendo un cigarrillo deseando que el humo me deje mudo o que como un acto de esos que hacen los magos, me desaparezca la garganta. Pero no. Tengo que seguir hablando sin gustarme. Tengo que seguir adelante. Ya estaba ahí.

Sindy está parada frente a una de las paredes de la sala, dialogando, según ella, con Joaquín Balaguer, porque a los doce años él mandó a asesinar a sus padres. Randy se sienta frente a mí y la velocidad con lo que lo hace, me hace inmediatamente pensar que está fumadísimo. "¿Randy y esa loca?", le digo, inhalando la última parte del cigarro y llenándome la boca de humo. Me besa.

Se traga el humo y su fría lengua me toca la garganta y me siento mudo por varios segundos. Pensé que seguía siendo mi amigo y que era más importante que un cigarro, porque me había hecho sentir lo que siempre había deseado, aunque haya sido por muy poco tiempo. Era feliz, era mudo. Me saca la lengua. "No hables, panita" mirándome con sus ojos que atontan los míos y me dice: "Me pusieron a levantar un montón de tela y entre algunas de color azul, pero un azul muy pálido, estaba un gusano muy grande. Cuando lo vi remenearse y tratando de ocultarse entendí que este era el fin del mundo. El apocalipsis era ahora otra cosa que violentaba la historia. Este nuevo apocalipsis no era tan doloroso, no era tan sangriento como me lo esperaba, no tenía que ver con el diablo, sino con un gusano escondido entre telas.

Telas caras, telas que parecían diamantes en bruto, telas que se habían reciclado de varios vestidos de novia".

Y veo que la loca sale y entra de la cocina y vocea "cada día estamos más cerca. Cada día es un paso, viene. Va a venir, por eso voy y hablo con el expresidente, para prepararme".

La ignoramos y Randy sigue: "El gusano era un hombre. Blanco, negro, de todos los colores, más bien gris y tenía un letrero, que decía algo que no entendía, porque no sé inglés. Tenía una gorra roja con el logo de un equipo de beisbol y me miraba con el único ojo que tenía. Un ojo sin pestaña, un ojo sin ceja".

Eso me recordó que lo primero que hago cuando despierto en las mañanas es ver si mis cejas todavía están sobre mis ojos, entonces relacioné todo.

Cuando comienza a decirme que estaba pensando como llevárselo para alimentarlo y cortarle las uñas que las tenía, me dice: "muy largas y sucias como de una coraza negra que daban ganas de vomitar", le digo que fuera más claro, que fuera hacia donde quería llegar. Que pasara a resumir.

"Te dije que no hables" y me besa de nuevo y no es un beso, es un embrujo, donde veo lo mismo que decían cuando me leían las manos, las tazas, los vasos de agua, la mancha que deja el café.

Randy se asumía como el elegido de alguna misión superior y que ese gusano hombre y feminista no era el fin, sino el inicio de lo que tendría que ser su dominio en la tierra. Me explicaba cómo iba a llevárselo, cómo el gusano no era un gusano, ni un hombre, sino una hormiga y yo me rascaba la sien como para que me desapareciera a un jardín de apasote o yerba Luisa.

"No me había interesado si no le hubiera preguntado a uno de los seres invisibles que siempre me acompañan, los que están conmigo, cuando voy a un parque o estoy en conflictos (indecisiones) como ahora", afirmaba cuestionándose el por qué si era una hormiga, no habían más andando en una fila, que es como uno está acostumbrado a verlas, parecidas a la línea por donde se desplaza el metro.

No entendía nada, comencé a desconfiar y alterándome, como casi nunca pasa.

"Entré al ser extraño en el bolsillo derecho del jean y se me hacía un bulto, ese monstruo se ocultó y el paquete no se veía, pero se sentía. Yo lo sentía húmedo, como que mojaba y no sé si era mi sudor o el suyo o si yo me había hecho pipís, porque tenía un miedo del diablo y era mi pipís".

"Yo pedí un permiso en el trabajo y, como yo y todos, somos unos esclavos de ellos, me llevaron a un calabozo y me pusieron a presenciar como mutilaban a personas indicándome que eso me pasaría si volvía a tener la osadía de pedir que me dejaran volver a casa. Pero yo no quería realmente volver a casa. No me gusta estar en mi casa. Yo lo que quería era salir y ver por qué el ser superior se me había aparecido a mí y, además, preguntarle por qué yo podía hacer que las personas se desmayasen cuando me vieran, por qué habían inventado la historia de Dios y por qué presentía que me había parido una gallina negra traída de Haití".

Era triste verlo así y le pasaba la mano por la frente, diciéndole que yo estaba ahí porque lo quería, porque yo era su amigo e íbamos juntos a salir de esto, que sólo tendríamos que ir a un médico y hablarle sobre esto y que ellos iban a descifrar todos esos códigos que estaba recibiendo. Que yo le creía, que él era todo eso que decía, que él que él.... Cuando la loca escuchó que dije "médico", entró en un trance y se quitó la ropa. Abría la boca y le salía una saliva pegajosa que se parecía al ácido que a veces uno usa para desinfectar. Se tiró al suelo como volando por el aire y se arrancaba los cabellos, pelo por pelo hasta quedarse calva y, ella que tenía una melena bien larga y medio esponjosa. Me sentía extraño y me estaba dando un poco de fiebre. Así que le dije a Randy, que iba a pasar por la farmacia y que después iba a coger un carrito para irme a la casa y dormir.

II

No puedes entender muchas cosas del mundo si estás siempre despierto cuando todos en él duermen. Cuando estás despierto tienes todas las posibilidades de morir o más bien, tienes más posibilidades de morir, porque fácilmente puedes ser impactado por una bala, aunque también puedes ser impactado por una mientras duermes. El mundo no es seguro, el mundo de los sueños tampoco es seguro, puedes quedarte en un viaje imaginario o quedarte siendo el alimento en el plato del almuerzo de uno de esos monstruos que siempre le aparecen en los sueños a uno. Despierto y sobre mi cabeza, todavía no está una corona, porque lo que yo quería era un día, después de haber dormido ocho horas, despertarme siendo la cabeza de algún reino, donde tuviera que pasarme los días dando órdenes y seleccionando a quienes irían esa tarde a la caza de la cena y quién la prepararía. Antes de despertar, me soñaba con una mujer no vidente que mediante el tacto podía ver los colores del mundo. Suena el teléfono y corro a contestarlo. Una voz desconocida, muy aguda me pregunta por Pedro. "No señora. Está usted equivocada", le digo y cuelga de manera brusca y pienso que a veces creemos que el problema está en el mundo y para sorpresa de todos, no existe ni problema, ni mundo. Sino nosotros, siendo humanos. ¿Por qué esa mujer tiene que entender que ya había un problema por llamar y estar equivocada? Simplemente reaccionaba ahogándose como si errar no sirviera también para aprender, pero cada cabeza es un mundo y eso es lo maravilloso de estar todos aquí.

Después de bañarme una orquesta de moscas y mosquitos

entra por la ventana, seguro como producto de lo larga que está la maleza del patio. Entran con un ritmo como diciéndome algo. Aunque aquí no tengo un patio, pero algo debe de ser. Pero sigo en lo mío, tenía un amigo que ayudar, tenía que tratar de averiguar qué era lo que estaba pasando y aclarar las dudas: o era que él decía la verdad o era que se estaba volviendo loco. Yo sé que la locura es un pretexto que han inventado algunos grupos para marginar a otros grupos que se están enterando de qué es lo que está realmente pasando en este presente, pero también tengo claro que lo de Randy podría ser una enfermedad que, según leí, hace ya algún tiempo es fruto de la posmodernidad, donde la gente hace todo lo posible por parecer demente, y el llevar una persona como Sindy a su casa era uno de los síntomas.

Comienzo a vestirme y aquí comienzo mi ritual de vida. No creo que en el mundo exista una persona tan obsesionada con construir su existencia como yo. Hasta el ponerme de trapos es un ritual que realmente me daba una satisfacción enorme. Aunque no tardaba mucho, cada pieza con la que cubría mi cuerpo tenía una historia. A veces iba y le pedía alguna camisa a alguien en la calle o iba a donde mi papá que vivía en Ocoa para que me regalara algo, para tener un acontecimiento que contar detrás de lo que me vestía. Repito, es una obsesión extraña.

Y así mi closet repleto de ropa que nunca uso, pero que tiene cada una un valor enorme para mí. De morirme hoy mismo, mi closet podría ser utilizado como un museo y no tan solo por la cantidad de cosas que tengo, sino porque todas son camisas, pantalones, polochers, zapatos, medias, interiores que compré en un mercado de pulgas donde siempre me surtía. Había de todo. Había mucho que contar.

Ya listo bajo las escaleras y comienza el pánico. Las escaleras me daban una sensación muy parecida a la que me da cuando como muchos plátanos. Es un nudo doloroso en el estómago que luego me pasa a los intestinos y me pone a sudar un líquido frío, que de venderlo a alguna cafetería me haría rico, porque sé que muchas personas con el calor que produce vivir en este Caribe irían a tomárselo. Cada escalera es un paso en una alfombra invisible que me lleva a un vacío y donde sonidos producidos por la electromagnética dicen mi nombre hasta que me dejan en paz.

En tierra firme, ya vuelvo en sí, mis pies se acuestan como un oso ermitaño en la calle El Conde, donde tenía tres semanas viviendo.

El Conde se me desfigurada de manera distinta en cada uno de los espejuelos de los lentes, de un lado, los cuadros listos para darle un tumbe a los extranjeros que todavía creen que somos únicamente palmeras y motoconchos y, del otro, enormes tiendas con ropa muy fea y cafeterías donde he pensando ir a vender mi sudor.

Nunca me ha gustado caminar por ahí, porque hacerlo es encontrarse con un loco a cada esquina y con las aceras hediondas a pipis. No me gusta, a diferencia de muchos, la calle El Conde. Salgo lo más pronto posible y sigo hasta llegar a la Av. Bolívar y ahí una fila de chatarra y humo me recibe en forma de caravana. Y yo pienso que el camino al infierno es parecido a esto, lo único que el agua lamosa, del asfaltado no es agua lamosa sino fuego lamoso o algo así.

Antes de subirme al carro, me siento estafado porque no sé para qué me dicen que esto es un súper colmado, si no van a vender jugo de chinola a 15 y 20 pesos. Jugos naturales. Bebida refrescante en un vaso de plástico para curar y calmar las penas.

III

"Hay gente que nace con su pan debajo del brazo y hay otros que nacemos con el nuestro detrás de la puerta principal de la casa, porque nuestras madres nos enseñaron que no podíamos dejar entrar cualquier energía a la casa. Que lo malo andaba suelto y nuestra responsabilidad es alejarlo", me dice Randy, cuando estoy en su apartamento.

Se me hacía tan fácil creer que él tenía alguna conexión especial con los espíritus, que él podía ver muchas cosas que nosotros no, es por ello que siempre me gustaba estar cerca de él, aprender de él. "Porque en el mundo muchos pueden levantarse de una silla y llenar de comida su estómago, pero no todos pueden llenar su espíritu. Y ellos no se dan cuenta de que ambos son procesos vitales, de que también hay que alimentar el alma", y yo respondiéndole sus argumentos todo el tiempo con una sonrisa, porque sé que tanta sabiduría no podía ser demencia. Lo sentía coherente, sabio.

Le pregunto por la loca, me dice que se fue. Que ella le pidió le dejara bajar al malecón y no volvió nunca. "Me lo esperaba", termina diciendo un poco triste. "Lo siento", le digo, mientras con la vista estoy buscando un zafacón, porque nadie sabe que, lo primero que hago cuando entro a un lugar techado, es buscar donde echarme cuando comience a terminarse el mundo, y creo que un zafacón es el lugar más perfecto que existe para uno morirse y mucho más si son de plástico con diseños de animalitos, de dinosaurios. Pero no había. De pasar algo estaba únicamente junto a mi cerebro que es un mar del cual soy náufrago. El mundo se iba a terminar con mucha agua. El tambor, las velas, el gagá. Cada una de esas características de nuestros ancestros parece le hicieron algo malo a los presidentes y a los que han tenido, desde siempre, el poder. Los vencedores. Nadie se despierta una mañana y llena su casa con flores. Nadie se hace baños con hojas. Nadie hace nada y sé que es porque tienen miedo de que los llamen brujos y les hagan como antes, quemarlos en un parque.

Nosotros íbamos entonces a terminar quemados en el Parque Independencia, porque nosotros sí estábamos conectados, nosotros sí estábamos disfrutando de toda esa energía, no teníamos miedo. Randy me ponía feliz.

Me ponía a mirar por la ventana cuando me cansaba de tanto descansar.

El hoyo

Era una autopista roja y el ronco del ruido del vehículo en que iba. Habíamos dejado la ciudad de Santo Domingo para encontrarnos con la maleza del campo y a la vez con nosotros mismos. Estábamos cada uno muy centrados en la búsqueda individual. No había leído el periódico, cosa rara, por eso le dije a Yan que me preste su iphone. Desde él pude, rápidamente, hacer contacto con el mundo, como si ya no estuviera en el mismo mundo. Para mí, la globalización es una ilusión y el reiterado tema de los femicidios, un fenómeno social tan complejo que se había reducido a simple espectáculo. Muchísimos kilómetros lejos de la ciudad a la que le he dado todo y le seguiré dando, aunque los kilómetros sean logrados con un avión. Se me seca algo dentro cuando frena Julio, había frenado tan brusco que además había dejado caer el aparato que me habían prestado. Salimos del vehículo, era la Policía Nacional. Un señor alto, de unas 190 libras me invita a identificarme, le digo mi nombre mientras voy inventando en mi cabeza una historia.

... Que los zapatos me aprietan...
... Que yo no sé inglés.
... Que vamos a un retiro de yoga.

Aterrizo.
No uso cartera. Así que perdí tiempo buscando una en mi bolsillo derecho.
¿Estaba viviendo o perdiendo mi tiempo? ¿Cómo era eso? ¿Un hombre sin cartera? Le digo al oficial que me de unos

segundos y del bolsillo izquierdo saco el documento. Los muchachos, que no tuvieron que identificarse, escuchan al señor decirme "pueden irse, disculpen el inconveniente. Disfruten su viaje". Entran al carro calmados, porque siempre el problema es conmigo y nunca he sabido por qué. El problema siempre soy yo, el del inconveniente siempre soy yo. La humanidad completa detrás de mí, pidiendo mi cabeza, siempre. Yo creo que es algo en mi forma de hablar lo que altera a los otros o sino mi bigote, o la obsesión infantil de comer servilletas. Lo único que recuerdo, de todos estos años, es lo feliz que sigo siendo.

No es el fin, no hay flautas

El opening: una bachata
Como esos momentos iniciales del reality show
EL BACHATÓN
Cuando Luis Días era jurado
y salía de una sábana de humo una muchacha gaga
que soñaba con ser bachatera.
Pero no cantaba.
Decía los nombres, uno por uno, de los que se iban
al cielo y los que se iban al infierno.
De repente se va el sol y cae nieve en Santo Domingo. Mi mamá llorando. Mi papá se fue para Puerto Rico en yola, yo riéndome porque todo eso ya lo había dicho en una performance y nadie me hizo caso, diciendo, en ese momento:
1. "Esa forma de arte no se entiende".
2. "Que eso no sirve".
3. "Que eso es un disparate".

Y la gaga hace de mi risa una canción, y le pone mi nombre.
Luego las flautas y se jode la cosa.

Glosario de dominicanismos

Anjá: onomatopeya que refiere a una afirmación.
Añugaperro: comestible de harina de alta consistencia energética.
Bajimama: una blusa de mujer sin mangas.
Chiripero: el que trabaja haciendo cualquier cosa.
Gagá: manifestación del sincretismo entre las culturas africanas y europeas.
Grajo: hedor en las axilas.
Guachimán: trabajador de la seguridad.
Guagua: autobús.
Jartura: referido a estar satisfecho después de comer.
Mamá Tingó: activista nacional dominicana que luchó por reivindicaciones del campesino y sus tierras.
Mojo: Moho
Motoconcho: Medio de transporte popular que se logra en una motocicleta.
Omsa: Servicio de transporte metropolitano de la ciudad de Santo Domingo.
Passola: Motocicleta tipo scooter
Perico ripiao: grupo de tres o cuatro músicos que interpretan ritmos folclóricos dominicanos.
Pirulo: Es usado en el texto como un nombre o sustantivo.
Quiniela Palé: Juego de azar. Lotería.
Singafiao: El que tiene sexo sin cobrar al instante.
Tigueraso: Hombre que se las sabe todas.
Toletero: El que representa con éxito al país en el béisbol profesional de los Estados Unidos.
Tripeo: Refiere a una broma. Estar tripeando es estar pasándolo bien.

Yola: Medio de transporte utilizado para viajar ilegalmente a la isla de Puerto Rico. Una balsa.
Zafacón: Basurero.

Johan Mijail, escritor y artista del performance: "La ignorancia de entender al migrante como productor de crisis cuando lo que está en crisis es el capitalismo"

Amaury Rodríguez / 07.06.2016

Una beca lo llevo a la tierra de Gabriela Mistral y del pueblo mapuche sin tal vez imaginarse que luego estaría llevando una intensa vida artística en la nación suramericana. Poeta, ensayista y artista del performance, Johan Mijail (Santo Domingo, República Dominicana, 1990) actualmente vive en Chile donde trabaja su arte rodeado de un extraordinario grupo de amigos y colaboradores. Mucho antes que él, ya habían pisado suelo chileno escritores dominicanos tan disimiles como Juan Bosch y Manuel Rueda a quienes les unía la práctica artística desde la disidencia. Desde la capital chilena, Johan Mijail continúa construyendo una obra que se ubica —o que quizás se desubica— en el deseo de construir nuevos imaginarios estético-políticos y que dio sus primeros pasos en Santo Domingo, República Dominicana.

■Empecemos desde cero. No hay que inventar la máquina del tiempo: la llevamos dentro. Háblame de tus orígenes, de tus inicios en el arte y la literatura.

Siempre he sido inquieto, muchas veces insoportable. Muchas, te digo. Recuerdo a mami dándome té de hojas de guanábana que nos regalaba una vecina que vivía tres casas más abajo en el lugar donde crecí: una casa grande, amarilla, con plantas. Esa inquietud después la transformé en una forma de relacionarme con la vida: mediante el arte y la escritura. Vivo en la inquietud y en la incertidumbre, en un estado constante de cambio, me gusta sentir, experimentarme. Una necesidad muy mía de siempre estar imaginándome caminando y ahí dejando algo que me gusta ver. No creo en los orígenes, no sé qué responder al respecto. Pero creo que esos orígenes están en ver fugas en esas maneras de hacer para sobrevivir en este mundo, tan heterosexual y violento.

■ ¿Qué significa para ti el barrio y cuál es el rol de la cultura popular en tus investigaciones y ejecuciones artísticas?

Me gusta mucho identificarme con la calle, las ciudades. Siempre recordar la importancia de Villa Juana (allá), San Bernardo (acá) en mi vida. Construir una memoria particular que me conecte con la clase trabajadora, con toda esa dignidad. Siempre me sueño en esos lugares, soy feliz ahí y en mis proyectos siempre están presentes porque trabajo conmigo y desde ahí genero diálogos: mi desobediencia, mi marginalidad, mi pordiosería. Se me nota que no nací y crecí en un contexto burgués y acomodado. Uno no llega a la política simplemente por convicción, sino porque, entre otras cosas, uno sabe que todo está atravesado por la clase y que te han dañado.

■ La temática de tu trabajo hiere muchas sensibilidades y presenta desafíos a la sociedad conservadora que van desde la ruptura ideológica al cuestionamiento de tabúes sexuales y socio-culturales de cierta raigambre colonialista en nuestra América. ¿Cuál ha sido la reacción del mundo cultural dominicano a esa labor y de forma más concreta, a tu último libro Pordioseros del Caribe?

No creo que les interese, quizás por ello no vivo allí. Pero le escribo a una isla que nunca me ha escrito a mí. Con ese texto, el año pasado me invitaron a la feria internacional del libro de Santo Domingo y ha sido la peor presentación que hice del mismo hasta el momento, me robaron cuando entré al salón a leer. No logré construir una atmosfera afectiva que siento genero cuando lo leo: el libro está escrito para leerse en voz alta, para ponerse a bailar en su constitución de bachata mal escrita, en su constitución de performance textual y sexual. Pero mis amigos estaban ahí, que siempre han sido la contención, como dicen en Chile, el apañamiento. Pero a la vez fue lúdico y hermoso: chapeamos muchísimo y volví a ver algunos amores que siempre vivo extrañando.

■Vives en Chile desde 2012 ¿Cómo ha sido la acogida de los artistas, escritores y lectores en tu nuevo hogar?

Me gusta siempre cuando hablan de mi proceso migratorio mencionar a Samuel Ibarra Covarrubias, él es para mí ese ser que todos alguna vez tienen que conocer porque te actualizan el espíritu, porque te ayudan con esta inseguridad y entender todo esto como un compromiso político. Además de mis amigas del feminismo, con las que estamos constantemente construyendo nuestras biografías dañadas mediante la escritura y los activismos de la disidencia sexual. Conocer por ejemplo, las poéticas de Daniela Catrileo y María Paz Valdebenito, la poesía travesti de Claudia Rodríguez, las aspiraciones escultóricas de Fabiola Burgos, los tejidos de Fabiola Hernández, el drag de Sebastián González (Dígase Selva), la gestión en la Galería Estudio Privado Arte de Enrique Lowe, al imaginativo Enrique Flores, los trabajos autobiográficos de Victoria Allende, el colectivo transescénico FuriaBarroka, entre muchxs otrxs que están haciendo eso: lo que no se espera. ¿Acogida? No sé, pero siempre estoy haciendo algo.

■La época convulsa en que vivimos nos empuja a pasar revista al viejo debate del compromiso político y los artistas. ¿Consideras que los escritores y artistas deben intervenir en la cotidianidad? ¿Deben los creadores alzar sus voces ante la injusticia?

Pienso que el artista hoy, más que nunca, debería de estar proponiendo siempre nuevas maneras de vivir y de relacionarse con la vida. Encuentro ahí una radicalidad inmensa: en ofrecer a estos contextos tan heterosexuales y aburridos nuevas maneras de producción de conciencia. Ello con el fin, de generar transformaciones en el devenir molecular de la política. Habitar el gesto creativo.

■Cuéntame de tu experiencia migratoria y como ese nuevo capítulo en tu vida enriquece o altera tu visión.

Siempre me he sentido extranjero. Incluso mucho más extranjero en la isla dominicana que en los otros países donde me ha tocado estar. Siempre me he sentido un extranjero, un paria del género entre una contradicción genital que a pesar de todo me dio una claridad: Hombre nunca he sido. Pero este "nuevo capítulo", como dices, me está permitiendo trans-formarme mucho. Seguir entendiendo que no existe la identidad, fuera de las ficciones hegemónicas y masculinas que nos oprimen, que todo es siempre relación. Y en eso estoy: estableciendo una relación con un mundo extranjero que a su vez me está enseñando la importancia de potenciar las diferencias diferentes.

■Quisiera por un momento volver la mirada al Caribe. En los últimos años, el racismo y la xenofobia han recobrado fuerza en dominicana. El caso más paradigmático de este hecho ha sido la implementación de una ley de corte racista que tiene como fin la eliminación de derechos ciudadanos y civiles a través de la desnacionalización de miles de dominicanos de origen haitiano. ¿Cuál es tu parecer en cuanto a esta situación que se está viviendo no sólo en RD sino que en otros lugares del mundo?

Todo esto es la consecuencia de una amnesia histórica. El racismo está instalado con tanta fuerza en las mentes y cuerpos de las personas y los gobiernos que producen decisiones tan ignorantes como estas. Eso da rabia y vergüenza, ver como todavía continuemos reproduciendo esa violencia occidentalizadora donde queremos que los demás sean iguales a nosotros para poder vivir juntos. También la ignorancia de entender al migrante como productor de crisis cuando lo que está, realmente, en crisis es el capitalismo porque a pesar de que está en todas partes no funciona.

■El cuerpo ocupa un lugar primordial en tu obra. Me sorprendería si fuera todo lo contrario: ese ha sido un tema milenario entre artistas, escritores, filósofos y científicos. En el ámbito político, la irrupción del feminismo ha contribuido a la estructuración de una teoría y programa libertario del cuerpo femenino. Me gustaría que elabores un poco acerca de la influencia feminista en tu trabajo.

Recogiendo una cita de Itziar Ziga, sin el feminismo yo estuviese muerta. Sin el feminismo yo no había podido sobrevivir hasta ahora. En mi formación de no haber tenido –el privilegio, quizás- de toparme con tantas mujeres locas, mujeres malas yo estuviese muerto. En lo concerniente a mi trabajo encuentro en los feminismos la potencialidad de construir genealogías de resistencia y radicalidad política. Un lenguaje que habitar. En el último tiempo he estado trabajando con mi culo, por ejemplo, y todo el discurso de la contra-sexualidad. Emancipé mi culo con el feminismo, lo abrí para sentir las energías del universo en ese gesto de apertura, lo volví activo, lo puse a hablar de todo el desconocimiento que heredamos de esta cultura binaria y heteronormativa. Inventé todo un ejercicio de amor vegetal que se sigue construyendo, descubrí mi propio proceso de transidentidad.

■¿Cuáles son algunos de los proyectos que te mantienen ocupado?

Estoy pronto a publicar un nuevo libro intitulado Inflamadas de retóricas: escrituras promiscuas para una tecnodecolonialidad que saldrá por Editorial Desbordes donde también se publicó Pordioseros del Caribe en 2014, el mismo es en co-autoría con un amigo científico y activista del Colectivo Universitario de Disidencia Sexual (CUDS) llamado Jorge Díaz a quien admiro mucho. Este proyecto está bien intenso y hay muchas señoras involucradas [jajaja]. A su vez ocupo mucho tiempo en organizar unos ciclos de lecturas mensuales que se llaman Poéticas del Subsuelo gracias a la confianza de Álvaro Muñoz propietario de una librería llamada Subsuelo en el Centro de Santiago y todas las personas que se motivan a participar con sus poemas, ensayos, crónicas, performances. También escribiendo reseñas, comentarios y recibiendo invitaciones para presentar libros en diferentes contextos. Preparo performances, el amor vegetal. Además escribo una columna mensual en el Desconcierto

■Terminemos con un juego. Inventa una frase o una palabra para acompañar estos nombres: Aida Cartagena Portalatín, Josefina Báez, Pedro Lemebel, Mama Tingo, Walter Benjamin, Radio Guarachita, Villa Juana.

Aída Cartagena Portalatín

-Soy la Aída de este tiempo.
Josefina Báez
-La Mayimba, una gran influencia. La dominicanyork sin diplomas
Pedro Lemebel
-Adiós mariquita linda
Mamá Tingó
-"No me arrepiento de ser mujer y negra, tanto como haber sido históricamente objeto sexual y de cambio"
Walter Benjamin
-Venme a buscar
Radio Guarachita
-Jajjajajaja
Villa Juana
-Mi abuelita fue la mejor

Johan Mijail Castillo (Santo Domingo, República Dominicana, 1990)

Johan Mijail Escritor y performer. Estudió Periodismo. En 2011 publica el poemario *Metaficción* y participa en la película *Sister* del Colectivo *Lewis Forever* en la ciudad de Berlín, Alemania. En 2014 lanza *Pordioseros del Caribe* y en 2016 junto a Jorge Díaz, del Colectivo Universitario de Disidencia Sexual (CUDS), *Inflamadas de retórica. Escrituras promiscuas para una tecno-decolonialidad*, ambos por Editorial Desbordes, Chile. Ha participado en festivales de performance en Estados Unidos, Chile, República Dominicana y Alemania, con un trabajo escritural y visual que invita a un imaginario transfeminista y decolonial. Beneficiario de la Beca Migrante (2015) del Museo Nacional de Bellas Artes de Chile y en 2016 participa en el 10° Encuentro del Instituto Hemisférico de Performance y Política "excéntrico: disidencias, soberanías, performance (Universidad de Chile- Universidad de Nueva York).

Made in the USA
Monee, IL
19 October 2026

66035576R00080